Helmut Exner

Die Segeberg-Connection, die Lübecker Marzipanleiche und der Harzer Roller

EPV

Bibliografische Information der Deutschen Nationalbibliothek
Die Deutsche Nationalbibliothek verzeichnet diese Publikation in der Deutschen Nationalbibliografie; detaillierte bibliografische Daten sind im Internet über **http://dnb.d-nb.de** abrufbar.

Die Segeberg-Connection,
die Lübecker Marzipanleiche
und der Harzer Roller

ISBN 978-3-936318-97-5

Dieses Buch ist auch als eBook erhältlich
in den Formaten: ePub, Kindle und PDF.

1. Auflage März 2012

Umschlagfoto:
Tina & Sascha Exner

Verlag, Druck und Verarbeitung:
EPV Elektronik-Praktiker-Verlagsgesellschaft mbH
Postfach 1163, D-37104 Duderstadt

www.helmutexner.de
www.edition-nordlicht.de

- 1 -

Kleinbötelkamp! Um Himmels Willen! Wie dieses Kaff schon heißt. Und wer weiß, was sich dahinter verbirgt. Wahrscheinlich leben dort die Nachkommen der Dänen, die vor Jahrhunderten zurückgelassen wurden, weil man sie in Dänemark nicht haben wollte. Und die Grundlage der Ernährung ist Hering. Vermutlich spricht man da noch nicht mal Deutsch. Das jedenfalls sagte Gisela ihrem damaligen Freund und jetzigen Mann Klaus, als er ihr eröffnete, dass er ein Traumhaus in Kleinbötelkamp geerbt habe. Ihm passte das hervorragend ins Konzept. Denn er wollte eigentlich schon immer in Ostseenähe wohnen. Außerdem bekam er einen hervorragenden Job in Lübeck. Und Gisela war im Grunde auch froh, endlich mal wegzukommen. Sie hatte immer im Harz gelebt. Das war so schön bequem. Sie kannte sich dort aus, hatte eine gute Stelle bei der Kripo in Goslar, Kollegen – naja, aber immerhin ein paar Freunde. Doch es war unbefriedigend auf die Dauer. Klaus wohnte in Hannover. Und diese ewige Hin- und Herfahrerei ging ihr allmählich auf die Nerven. Also setzte sie alles daran, eine Stelle bei der Kripo in Lübeck zu bekommen. Und es hatte geklappt.

Heute hatte sie einen Termin bei ihrem neuen Arbeitgeber, dem LKA in Lübeck. Klaus hatte keine Zeit, sie zu begleiten. Daher setzte sie sich ins Auto, absolvierte ihr Treffen beim LKA und machte sich dann auf den Weg nach Kleinbötelkamp, um das geerbte Haus zu besichtigen. Als sie nach dem Ort Ausschau hielt, fand sie ihn nicht. Dann merkte sie, dass sie ihn schon längst durchquert hatte. Also drehte sie um und stellte fest, dass das Kaff aus zweieinhalb Straßen bestand. Ihr Haus stand an der halben

Straße. Es mochte vielleicht hundert Jahre alt sein, war aus rotem Backstein gebaut und groß. Der Garten rundherum war leicht verwildert, aber gerade deshalb traumhaft schön. Ansonsten Felder, Wald und Wiesen. Eine Idylle. Es gab rechts ein Nachbarhaus. Und gegenüber lag ein großes, ziemlich verwildertes Grundstück. Die beiden Häuser dort konnte man nur erahnen, weil sie von Büschen und Sträuchern verdeckt waren. Nur zwei Briefkästen an der Straße wiesen auf sie hin. Die schmale Straße war eine Sackgasse und führte weiter zu einem Bauernhaus in etwa fünfhundert Metern Entfernung.

Sie schloss die Haustür auf und machte einen Rundgang. Es roch muffig. Die Einrichtung war äußerst behaglich. Offenbar hatte die alte Großtante von Klaus, die hier ihr ganzes Leben verbracht hatte, einen Sinn für Ästhetik und bodenständige Kultur. Etliche Antiquitäten, darunter eine alte Standuhr, gaben dem Haus etwas Altehrwürdiges. Ein schöner Kachelofen tat sein übriges. Gut, die Teppiche mussten sicherlich gereinigt oder teilweise ersetzt werden. Und eine neue Küche wäre nicht schlecht. Trotzdem: Kleinbötelkamp hin oder her, das war ein tolles Haus. Die Kreisstadt Bad Segeberg war nur zehn Minuten entfernt, und nach Lübeck zu ihrem neuen Arbeitsplatz war es auch nicht allzu weit.

»Gut. Hier bleibe ich. Das ist Gemütlichkeit pur. Und Ruhe«, sagte Gisela zu sich selbst.

Im selben Moment hörte sie von draußen ein fürchterliches Geschrei. Eine kreischende Frauenstimme. Dann einen Mann, der versuchte, etwas dagegen zu setzen. Soviel also zum Thema Ruhe. Sie stürmte hinaus. Etwa zwanzig Meter entfernt, im Garten des Nachbarhauses, schlug eine alte Frau mit einem Krückstock auf einen Polizisten ein. Gisela rannte an den Gartenzaun und beobachtete das

Schauspiel. Schließlich zog sich die alte Dame ins Haus zurück und der Polizist, der vielleicht Mitte dreißig sein mochte, sah jetzt Gisela. Peinlich berührt ging er ein paar Schritte auf sie zu und sagte:

»Tja, es ist schon ein Kreuz mit der Oma. Sie tickt ja schon lange nicht mehr ganz richtig. Aber in letzter Zeit wird sie zunehmend handgreiflich. Fiete. Fiete Behrens ist mein Name. Sind Sie die neue Besitzerin?«

»Gisela Berger. Ach Quatsch, Gisela Weniger. Ich kann mich immer noch nicht an den neuen Namen gewöhnen. Ich habe erst letzte Woche geheiratet. Ja, ich ziehe hier in Kürze mit meinem Mann ein.«

»Na, dann haben Sie ja schon mal einen Eindruck von Ihren neuen Nachbarn gekriegt. Aber keine Angst, an sich sind wir hier ganz friedliche Leute.«

»Sind Sie hier der Dorfsherrif?«

»Nee, hier gibt´s schon lange keine Polizeistationen mehr auf den Dörfern. Ich arbeite in Bad Segeberg. Wir sind für die ganze Gegend hier mit zuständig. Aber hier passiert ja sowieso nichts. Außer, dass die Oma ab und zu ihre Familie verprügelt.«

»Na, das ist ja beruhigend«, gab Gisela schmunzelnd zurück.

»Und Sie, Sie sind dann wohl die Frau von Klaus?«

»Sie kennen Klaus?«

»Ja sicher. Er hat doch als Kind manchmal seine Großtante besucht. Er ist ja ein paar Jahre jünger als ich. Deshalb haben wir nie viel miteinander zu tun gehabt. Außer, dass wir uns manchmal gegenseitig mit der Zwille mit Kirschen beschossen haben.«

»Gibt es sonst noch irgendwelche Schandtaten über meinen Mann zu berichten?«

»Nö, wir sind ja hier alles ganz anständige Leute.«

Und das war nun ihre erste Begegnung mit den Eingeborenen von Kleinbötelkamp. Als sie Klaus am Abend von dem Polizisten erzählte, der von seiner Oma verprügelt worden war, konnten sie sich vor Lachen kaum halten.

- 2 -

Fiete lebte mit seinem fünf Jahre jüngeren Bruder Manfred, genannt Freddy, und seiner Oma in dem alten Backsteinhaus. Hannelore Behrens, geborene Keifer, war inzwischen Mitte achtzig und von Jugend an berühmt-berüchtigt für ihre Ausbrüche, ihre schlechte Laune und verbalen Attacken, was ihr den Spitznamen Keiferlore eingebracht hatte. Der Name Keifer passte erheblich besser zu ihr als das unverfängliche Behrens. Mit ihrer Nachbarin, der kürzlich verstorbenen Renate Weniger, hatte sie die letzten vierzig Jahre kein Wort mehr gewechselt. Der Versuch ihrer beiden Großkinder, sie von der Hausarbeit zu entlasten, war immer wieder gescheitert. Das längste Arbeitsverhältnis einer Putzfrau im Hause Behrens betrug zwei Stunden, das kürzeste endete an der Türschwelle, weil die alte Dame die neue Haushaltshilfe gar nicht erst herein ließ. Trotz ihres hohen Alters gelang es Keiferlore, das Haus einigermaßen in Ordnung zu halten, zu kochen und zu waschen. Mit ihrem Jähzorn schien sie auch die Schwächen des Alters erfolgreich bekämpfen zu können. Ihr Sohn und ihre Schwiegertochter waren schon lange tot, was sie damit erklärte, dass die jungen Leute offenbar zu faul zum Leben seien. Ihre beiden Enkel waren da schon von einem anderen Kaliber. Die gingen ihrer Arbeit nach und waren im Großen und Ganzen auch gehorsam. Und notfalls gab es halt ein paar hinter die Löffel. Dass ihre Enkel mittlerweile erwachsen waren, schien sie dabei nicht zu stören.

Fiete war Polizist. Und er machte seine Arbeit gern. Er galt als gutaussehender junger Mann, dunkelhaarig, kein Gramm Fett zu viel. Vielleicht wirkte er etwas zu konservativ mit seinem ordentlichen, kurzen Haarschnitt. Und er war sich auch nicht bewusst, dass es eine ganze Menge Frauen gab, die ihn ausgesprochen sexy fanden. Freddy war eher ein Luftikus. Er war einen halben Kopf kleiner als sein Bruder und kleidete sich eher schnodderig. Zum Friseur ging er nur, wenn er nicht mehr aus den Augen gucken konnte oder ihm zu warm am Kopf wurde. Er selbst empfand sich als lässig und souverän. Und so war auch sein Umgangston. Wenn er allerdings ein Geschäft machen wollte, redete er wie ein Kühlschrankverkäufer in Grönland. Er empfand sich als großer Rhetoriker, seine Mitmenschen hielten ihn eher für einen Schaumschläger. Ein potentieller Kunde hat ihn mal als »lästig wie eine Scheißhausfliege« bezeichnet. Aber über sowas musste man einfach stehen. Der Erfolg würde ihm letztendlich Recht geben. Er war ständig mit irgendwelchen Geschäften zugange, die gelegentlich über die Grenze des Legalen hinausgingen. Zusammen mit zwei Freunden aus der Kreisstadt Bad Segeberg, die schon von Jugend an das eine oder andere krumme Ding gedreht hatten, nannten sie sich selbst die Segeberg-Connection. Zurzeit waren sie mit einem neuen Konzept für Kaffeefahrten beschäftigt. Sie hatten ergründet, dass Menschen alles kaufen, wenn sie nur in der richtigen Stimmung sind. Um die Leute in die richtige Kaufstimmung zu bringen, hatte Freddy es schon mit Alkohol versucht, wobei der Erfolg eher mäßig war. Die einen wurden aggressiv, die anderen schliefen ein. Dann mit rührseliger Musik, naja. Aber jetzt würde er den großen Durchbruch erzielen. Sein Erfolgsrezept hieß Haschisch. Natürlich war das eine riskante Angelegenheit. Erst mal musste man an den Stoff rankommen, und dann war das auch eine kostspielige Sache. Aber der Einsatz würde sich lohnen, davon war er überzeugt. Er würde die Leute mit selbstgemachtem Marzipan zum Kauf von allem animieren, was nicht niet- und nagelfest war. Denn dieses

Marzipan, versetzt mit einer Prise Haschisch, würde bei den Teilnehmern der Kaffeefahrten für die Ausschüttung von Glückshormonen sorgen.

Freddy saß in seinem Minibüro und studierte Rezepte zur Marzipanherstellung. Da klingelte das Telefon. Ein neuer Kaffeefahrtenveranstalter war dran. Er hatte mit diesem vereinbart, dass er die Raumkosten für die Veranstaltung, dazu Kaffee und Kuchen bezahlt. Im Gegenzug war er dann mit zehn Prozent am Verkaufserlös beteiligt.

»Ja, mein Lieber, die Räumlichkeiten habe ich schon reserviert. Jetzt müssen Sie nur noch die Leute ankarren... Wo? In Kaltenkirchen... Sie kennen Kaltenkirchen nicht? Naja, das ist auch eher ein Geheimtipp. Kaltenkirchen ist sozusagen die Perle des Nordens. Florenz ist ein Dreck dagegen, das kann ich Ihnen sagen. Auf jeden Fall garantiere ich Ihnen, dass ich die potentiellen Käufer in beste Stimmung bringe... Gut, abgemacht. Ich freue mich. Sie werden es nicht bereuen.«

Zufrieden legte er auf. Jetzt musste er nur noch das Marzipan herstellen und mit dem glückshormonproduzierenden Haschisch veredeln. Vielleicht konnte ihm ja seine Oma dabei helfen. Die hatte früher zu Weihnachten auch immer Marzipan gemacht. Nur an das Haschisch musste er noch rankommen. Das war vor allem eine teure Angelegenheit. Aber das sollten gefälligst seine Kollegen übernehmen. Er konnte sich schließlich nicht um alles kümmern.

- 3 -

Kriminaloberkommissarin Gisela Weniger hatte in den Augen ihrer Kollegen geradezu unheimliches Glück, die Stelle beim Landeskriminalamt in Lübeck zu bekommen. Ihr ehemaliger Chef bei der Kripo Goslar sprach von einem Karrieresprung. Mit ihren fünfunddreißig Jahren diese Position zu kriegen, um die sich reihenweise Kollegen beworben hatten, das war etwas Besonderes. Gisela selbst konnte an ihren ersten Arbeitstagen von diesem Glück allerdings nichts spüren. Die neuen Kollegen waren reserviert. Nun saß sie zusammen mit Willy Jobst, Hauptkommissar und ihr direkter Vorgesetzter, und Achim Conrad, Oberkommissar, in ihrem Zimmer und arbeitete sich ein. Beide waren gut zehn Jahre älter als sie und empfanden es wohl als ungerecht, dass so ein junges Ding ihnen gleichgestellt oder fast gleichgestellt war. Noch dazu, wo sie aus einem anderen Bundesland kam und von den hiesigen Gegebenheiten gar keine Ahnung hatte. Was hatte dieser Harzer Roller schon vorzuweisen? Vielleicht Wilddiebe jagen?

Gisela war in die Akten der laufenden Fälle vertieft. Es war nichts Besonderes darunter. Die wirklich heiklen Fälle waren alle gelöst worden. Das musste man den Leuten lassen. Hier ging es nur um den üblichen Bodensatz, den es überall gibt. Die beiden Kollegen schienen sich zu langweilen. Jedenfalls sagte Willi Jobst, ein glatzköpfiger, bullig wirkender Endvierziger, der zweimal die Woche ins Fitnessstudio ging, zu seinem Kollegen:

»Manchmal kann weniger mehr sein.«

Achim Conrad, der etwas zu dick geratene Hüne, der sich selbst für unwiderstehlich hielt, antwortete ganz gelassen:

»Das ist schon richtig. Aber manchmal kann mehr

eben auch weniger sein. Das ist die logische Folgerung.«

Gisela kochte innerlich angesichts dieser Anspielung auf ihren Namen. Was dachten diese Makrelen fressenden Halbwikinger sich eigentlich? Nach einiger Zeit der Stille sagte Achim dann:

»Ist so ein Harzer Roller eigentlich mehr oder weniger wert als ein Stück Räucheraal?«

Jetzt reichte es Gisela. Sie stand auf, ging in die Mitte des Raums, so dass beide Kollegen sie gut sehen konnten und redete in leicht aufgedrehter Lautstärke:

»So, jetzt passt mal auf, ihr beiden Fischköppe. Ihr haltet euch wahrscheinlich für zwei ganz ausgefuchste Kriminalisten, ohne die der Laden hier zusammenbrechen würde. Allerdings ist Lübeck auch nicht der Nabel der Welt. Und wenn ihr meint, dass ihr mich mobben müsst, um euer Ego zu befriedigen, dann trete ich euch in die Eier. Ich hoffe, ihr habt mich verstanden.«

Die beiden schauten so verblüfft, als hätte sie jemand des Mordes, der Kinderschändung und des Waffenschmuggels bezichtigt. Jedenfalls verließen die beiden Männer das Büro und kamen eine Viertelstunde später wieder, Achim mit einem Blumenstrauß in der Hand und Willi mit einer großen Schachtel Marzipan.

»Der Anfang ist wohl nicht so gut gelaufen, wie es sein sollte«, meinte Achim ganz schuldbewusst.

»Wenn Sie nach Dienstschluss noch etwas Zeit haben, würden wir Sie gerne auf einen kleinen Feierabendtrunk einladen.«

Aus dem kleinen Feierabendtrunk wurden zwei Stunden. Sie saßen vor einem kleinen Lokal an der Trave mit Blick auf das Holstentor und hatten sich viel zu erzählen. Als Gisela sich auf den Weg nach Kleinbötelkamp machte, war sie mit den Kollegen per du. Warum nicht gleich so, dachte sie zufrieden und freute sich auf ihren Mann Klaus und das schöne alte Haus in der halben Straße ihres neuen Heimatortes.

Am nächsten Morgen klingelte Giselas Handy in aller Herrgottsfrühe. Willi bat sie mit sehr agiler Stimme, sofort zu einem Einsatz zu kommen. Fünfzehn Minuten später war sie am Ort des Geschehens. Eine alte Bauernkate in der Nähe ihres Wohnortes. Willi und Achim waren schon da. Auch einige Uniformierte aus Bad Segeberg, darunter ihr Nachbar Fiete. Zwei junge Männer saßen in Handschellen in einem Polizeifahrzeug, und Fiete schleppte einen großen Plastiksack mit Rauschgiften aller Art in seinen Wagen.

»Hallo, Frau Nachbarin. Was machen Sie denn hier?«

»Vermutlich dasselbe wie Sie: meine Arbeit.«

»Na, jetzt bin ich aber mal baff. Ich wusste ja gar nicht, dass Sie bei der Polizei sind.«

»Woher auch? Ich bin beim LKA. Und wo wir nun beide Polizisten sind und noch dazu Nachbarn, können wir ja auch Du sagen. Ich heiße Gisela.«

»Na, das is ja mal´n Ding. Ich meine, nicht weil Sie, äh du Gisela heißt, sondern dass du in derselben Branche bist wie ich.«

An Achim gerichtet, sagte sie:

»Und warum habt ihr mich nicht früher gerufen? Wie mir scheint, ist ja hier schon alles erledigt.«

»Du wirst schon noch genug zu tun kriegen. Wir dachten, dass wir das auch alleine schaffen. Auf der anderen Seite wollten wir dich aber auch einbeziehen. Nun bist du ja da.«

Und zu Fiete Behrens, den er offenbar schon länger kannte, sagte er: »Fiete, du weißt ja, wohin du die wertvolle

Ware zu bringen hast.«

»Ich bin ja nicht dösbaddelig«, war die knappe Antwort.

Da kam Willi Jobst, der Hauptkommissar, auf sie zu und sagte, ohne zu grüßen:

»So, der Fall wäre auch geklärt. Wir hatten die beiden schon lange im Visier, wussten aber nicht, wo sie den Kram bunkern. Jetzt haben wir sie auf frischer Tat ertappt. Wenn sie bei der Menge an Stoff, den wir hier gefunden haben, halbwegs mit ein bis zwei blauen Augen davon kommen wollen, dann müssen sie uns erzählen, wo sie den Kram herhaben und wer dahinter steckt. Wir fahren jetzt alle zum LKA und nehmen die Burschen auseinander. Gisela, du und Achim nehmt euch den einen vor und ich kümmere mich um den anderen.«

»Ist gut, Chef.«

Ganz erstaunt schaute er erst Gisela und dann Achim an.

»Hast du gerade Chef zu mir gesagt? Achim, daran nimm dir mal ein Beispiel. Unser Harzer Roller hat noch Respekt vor ihrem Vorgesetzten.«

Der Polizeiwagen mit den beiden Festgenommenen war schon abgefahren. Nun war es Fietes Aufgabe und die seines Kollegen Paul, den Sack mit dem Rauschgift zu transportieren.

»So´n Schit«, meinte Fiete, »ich hab ja noch das Fleisch für die Oma im Wagen, das ich gestern Abend gekauft hab. Die Olle bringt mich um. Wir müssen noch schnell bei uns zu Hause vorbeifahren.«

»Auf die fünf Minuten kommt es nun auch nicht an. Bevor du wieder Prügel kriegst«, antwortete Paul grinsend.

Fiete fuhr in die Einfahrt von Omas Haus, nahm die

Kühltasche mit dem Fleisch aus dem Kofferraum und sagte dann zu Paul:

»Komm kurz mit rein und sag der Oma guten Morgen, sonst ist sie beleidigt.«

Als die beiden Polizisten die Küche betraten, saßen Oma und ihr Enkel Freddy gerade am Frühstückstisch.

»Ah, Paul, dass du dich auch mal wieder sehen lässt. Ich dachte schon, dich gibt es gar nicht mehr«, sagte die alte Dame, die in eine altmodische schwarzweiße Kittelschürze gehüllt war.

»Grüß dich, Oma Lore. Doch, mich gibt es noch. Aber ich habe ja immer so wenig Zeit.«

Freddy, den er nicht besonders leiden konnte, nickte er nur kurz zu.

»Ich wollte nur das Fleisch vorbeibringen. Wir müssen auch ganz dringend weiter«, sagte Fiete zu seiner Großmutter. Diese ignorierte ihn, stand auf und holte zwei Tassen und Teller.

»Ihr habt schon die ganze Nacht gearbeitet. Jetzt setzt ihr euch erst mal hin und frühstückt.«

»Wir müssen ins Präsidium, Oma. Das ganze Auto ist voller Rauschgift, Tabletten, Kokain, Hasch und was weiß ich nicht alles.«

Bei dem Wort Hasch horchte Freddy, der sich gerade eine Gabel Eier mit Speck in den Mund schob, auf. Und die Oma bestand darauf, dass die beiden Jungen erst mal frühstücken sollten, bevor sie weiter ihrer Arbeit nachgingen.

»Ihr setzt euch jetzt da hin und haltet den Sabbel.«

Dann goss sie Kaffee ein und ging an den Herd, um noch ein paar Eier in die Pfanne zu schlagen. Freddy erhob sich und verließ die Küche mit der Bemerkung:

»Ich muss denn mal. Die Geschäfte warten«, was

allerdings niemanden interessierte. Kein Mensch verschwendete je einen Gedanken an seine komischen Geschäfte. Aber den beiden Polizisten brannte es unter den Nägeln, endlich ihre wertvolle Fracht abzuliefern. Allerdings war es aussichtslos, die Küche ohne Frühstück zu verlassen. Die Oma würde sie schon daran zu hindern wissen.

Währenddessen machte sich Freddy an dem Polizeiwagen in der Einfahrt zu schaffen. Natürlich, dachte er, die sind dümmer als die Polizei erlaubt. Transportieren einen ganzen Sack Rauschgift und schließen nicht ab. Schnell durchsuchte er den Plastiksack und fand, wonach er suchte. Klasse, fünf Pakete Hasch. Eins davon kann ich ja wohl für mich abzwacken. Das spart Geld. Die Bullen vernichten das Zeug ja sowieso nur oder rauchen es selbst.

Als Fiete am späten Vormittag nach Hause kam, war er total erschöpft. Nachtdienst und dann auch noch eine Verlängerung durch den Einsatz bei den Rauschgifthändlern. Bevor er sich hinlegen konnte, bestand die Oma allerdings darauf, dass er noch Mittag aß. Dann hatte er endgültig die Schnauze voll und legte sich ins Bett. Nun holte Freddy die Zutaten für die Marzipanherstellung. Oma hatte versprochen, ihm zu helfen. Zuerst wurden die süßen Mandeln gemahlen. Freddy wollte sie eigentlich gleich gemahlen kaufen, aber die Oma bestand darauf, das selbst zu machen, wegen des Aromas. Dann wurden Honig und Puderzucker dazugegeben und alles sorgsam verknetet. Dann ein paar Tropfen Bittermandelöl und Rosenwasser. Als die Oma mal aufs Klo ging, gab Freddy dann eine Handvoll Haschisch dazu und knetete fleißig weiter. Als die alte Dame zurückkam, schaute sie auf den Teig und fragte ganz erschrocken:

»Was ist das denn für ein faseriges Zeug da?«

»Was? Ach das. Das ist nur ein bisschen Haschisch, Oma. Das ist gut für die Gesundheit.«

»Du meinst wohl, weil ich alt bin, kannst du mich verarschen. Aber so tüddelig bin ich noch nicht, du alberner Bengel.«

Damit war das Thema auch schon erledigt. Mit der Wahrheit fährt man erstaunlicherweise immer am besten, dachte Freddy. Dann wurde die gesamte Masse in gleichmäßige Stücke geschnitten. Und nun kam die Spezialität von Oma Lore. In jedes der Stücke wurde eine halbe eingeweckte und gut abgetropfte Aprikose getan und mit Marzipanmasse zugedeckt. Danach wurde jedes Stück mit einem feuchten Spatel glattgestrichen. Und damit das Auge auch etwas davon hatte, wurde jedes Marzipanstück mit der Oberfläche kurz in geschmolzene Schokolade getunkt. Nachdem diese fest war, musste jedes einzelne Stück in Alufolie verpackt werden. Und dann kam alles in den Kühlschrank.

- 4 -

Der Tag war für Gisela gut gelaufen. Beim Verhör konnte sie ganz souverän zeigen, was sie drauf hatte und kassierte Anerkennung von Willy und Achim. Die Geständnisse waren unterschrieben. Auf die Hintermänner wurden die Kollegen in Hamburg angesetzt. Am Abend bekam sie einen Anruf von Lilly. Lilly Höschen, die zweiundachtzigjährige pensionierte Oberstudienrätin, die darauf bestand, mit Fräulein angeredet zu werden, war ein echtes Unikat. Gisela hatte sie vor ein paar Jahren bei Ermittlungen kennengelernt, wo es um Mord und Entführung ging. Und letztendlich war es dem Spürsinn der alten Dame zu verdanken gewesen, dass ein weiterer Mord verhindert werden konnte. Hinzu kam, dass Gisela ihren Mann Klaus bei Lilly kennengelernt hatte. Dieser war ein Freund ihres Großneffen Amadeus. Lilly wohnte im Harz und galt dort als berühmt-berüchtigte Streithenne, die fast alles besser wusste und auch nicht davor zurückschreckte, die eine oder andere kräftige Beleidigung auszustoßen. Heute hörte sich das Fräulein Höschen allerdings ein wenig lädiert an:

»Ach Gisela, es ist so schade, dass du nicht mehr hier wohnst. Ich könnte deine Hilfe und deinen kriminalistischen Spürsinn im Moment gut gebrauchen.«

»Lilly, jetzt rede nicht um den heißen Brei herum. Sag mir einfach, was los ist. Klipp und klar, so wie ich es von dir gewöhnt bin.«

»Es ist so, dass hier innerhalb von sechs Wochen der zweite mysteriöse Todesfall in meinem Bekanntenkreis aufgetreten ist.«

»Mein Gott, Lilly, das hört sich ja furchterregend an. Und was ist nun so mysteriös?«

»Vor sechs Wochen ist mein früherer Chef gestorben.

Naja, dachte ich, der Mann war immerhin neunzig. Da kann man schon mal den Löffel abgeben. Ich konnte ihn übrigens nie leiden. Als Schulleiter war er eine Mischung aus Bürokrat und Weichei. Das nur nebenbei bemerkt. Aber dann wurde publik, *wie* er gestorben ist. Er lebte in einer komfortablen Altenresidenz in Bad Harzburg. Als er morgens nicht zum Frühstück kam, hat eine Pflegerin nach ihm geschaut. Das erste, was sie sah, war der laufende Fernseher. Und im DVD-Player befand sich ein Pornofilm.«

»Das soll auch bei Neunzigjährigen vorkommen«, warf Gisela ein.

»Jaja, man weiß ja, wie Männer so ticken. Aber der gute Mann saß tot in seinem Sessel. Auch das soll vorkommen, wenn man neunzig ist. Aber auf dem Tisch war Kokain verstreut. Und davon fand man auch eine ganze Menge in seinem Körper. Soweit so gut; vielleicht ist der Mann ja auf seine alten Tage noch zu einem Lustmolch geworden, der sich mit Kokain aufgeputscht hat. Vielleicht aber auch nicht.«

»Ich nehme an, die Kripo hat die Sache untersucht?«

»Natürlich, und letztendlich ist wohl nichts dabei herausgekommen. Nun lese ich aber heute in der Zeitung die Todesanzeige einer früheren Kollegin. Achtundachtzig Jahre alt. Ich mochte sie aufgrund ihrer direkten Art immer sehr gern. Deshalb habe ich ihren Sohn angerufen, um zu kondolieren. Und der hat mir erzählt, wie sie gestorben ist. Sie wohnte ja allein in ihrem Häuschen in Clausthal. An besagtem Abend ist sie schlichtweg durchgedreht. Sie rannte aus dem Haus, bekleidet mit Dessous, wie sie im allgemeinen nur von gewissen Damen getragen werden, aber ganz bestimmt nicht von einer achtundachtzigjährigen Frau. Sie war in einer euphorischen Stimmung und tanzte über die Straße. Irgendjemand hat schließlich die

Polizei angerufen. Als diese eintraf, lag die arme Frau auf dem Fußweg. Sie war zusammengebrochen. Im Krankenhaus stellte man ihren Tod fest. Sie wurde obduziert. Und nun halt dich fest.«

»Das tu ich gerade, Lilly.«

»Es wurde festgestellt, dass sie mit irgendwelchen Glückspillen vollgestopft war, einer Droge, die sonst eher junge Leute in Diskos nehmen. Außerdem hatte sie Alkohol im Blut. Und da ist schließlich das Herz-Kreislaufsystem zusammengebrochen. Nun frage ich dich, wie kommt eine alte Frau dazu, sich solch ein Zeug reinzustopfen?«

»Das ist schon recht merkwürdig. Dass ein alter Mensch an Drogen stirbt, na gut, damit wäre die Statistik dann wohl für etliche Jahre erfüllt. Aber zwei Menschen in derselben Gegend. Noch dazu, wo die beiden ja Kollegen waren. Das lässt einen natürlich erst mal aufhorchen. Standen die beiden denn in Verbindung?«

»Ganz sicher nicht. Elinor konnte den Schulleiter genauso wenig leiden wie ich.«

»Gab es in der Schule, als ihr noch alle im Dienst ward, irgendwelche Gemeinsamkeiten?«

»Nein, wir waren grundverschieden. Ich meine, Elinor und ich haben den Schulleiter immer kritisch beäugt und ihm gelegentlich mal Kontra geboten. Natürlich mussten wir zusammenarbeiten.«

»Gab es irgendwelche besonderen Vorfälle, zum Beispiel mit Schülern?«

»Die gab es laufend. Allerdings kaum etwas Gravierendes. Bis auf einmal. Da mussten wir drei Schüler verweisen. Da ging es auch um Drogen, was damals doch recht ungewöhnlich war in unserem kleinen Städtchen. Aber wegen der Drogen sind sie nicht von der Schule geflogen. Diese drei sind ständig aufgefallen wegen ihres ungebührlichen

Verhaltens. Und als dann eines Tages ein Mädchen von den dreien sexuell belästigt wurde, war das Maß voll. Zuerst war von Vergewaltigung die Rede. Aber nach ein paar Tagen hat besagtes Mädchen dann einen Rückzieher gemacht. Ich bin überzeugt, dass die Eltern des einen Jungen da mit Geld nachgeholfen haben. Und da meinte der liebe Herr Direktor, dass es keinen Grund mehr gäbe, die Jungen zu verweisen. Das lag wohl daran, dass die Eltern des Anführers dieser Clique wohlhabend und einflussreich waren. Und da hat der Schulleiter natürlich den Schwanz eingezogen. So einer war das. Aber da sind Elinor und ich auf die Barrikaden gegangen. Letztendlich blieb dem Mann dann nichts anderes übrig, als sie doch von der Schule zu schmeißen. Sonst hätten wir eine Dienstaufsichtsbeschwerde geschrieben.«

»Das hört sich schon ziemlich gravierend an, Lilly. Also, wenn ich das jetzt richtig verstanden habe, dann sind deine Kollegin Elinor, der Direktor und du dafür verantwortlich, dass sie von der Schule geflogen sind. Und zwei der Verantwortlichen sind jetzt auf mysteriöse Weise gestorben.«

»Mein Gott, Gisela, willst du mir jetzt Angst machen? Bin ich die Nächste?«

»Nein, Lilly. Das ist reine Spekulation. Aber ich rate dir, ruf doch einfach meinen früheren Chef an. Du kennst doch Gerald Schneider, den Hauptkommissar. Erzähle ihm einfach, was du mir erzählt hast. Und vielleicht fällt dir nach einigem Nachdenken ja auch noch das eine oder andere Detail ein.«

Das Gespräch zog sich noch einige Zeit in die Länge. Als Gisela schließlich auflegte, stand Klaus lächelnd vor ihr und sagte:

»Sag mir jetzt bitte nicht, dass Lilly schon wieder auf Mörderjagd ist.«

Klaus mochte Lilly, die Großtante seines besten Freundes Amadeus. Er hatte, als er noch in Hannover wohnte, oft bei Lilly übernachtet. Sie war ein Quell immerwährender Heiterkeit. Mit ihrer schrulligen, direkten Art brüskierte sie gelegentlich ihre Mitmenschen. Und es gab auch den einen oder anderen Mord in ihrer Umgebung. Sonst hätte er ja Gisela gar nicht kennengelernt, die an der Aufklärung dieser Fälle maßgeblich beteiligt gewesen war.

- 5 -

Vor dreißig Jahren war Clausthal-Zellerfeld im Oberharz bereits genauso verschlafen wie heute. Es gab zwar eine kleine Technische Universität, eine Stadthalle mit gelegentlichen Theateraufführungen, vor allem aber viel Ruhe. Die idyllische Umgebung mit Wald und Wiesen und etwa siebzig herrlichen Teichen zog auch einige Feriengäste an. Und es gab alle Schulformen, darunter auch das Gymnasium. Hier war für viele Jahre Lillys Wirkungskreis. Sie kam jeden Morgen aus dem nahegelegenen Städtchen Lautenthal angefahren, wo sie ihr Haus hatte.

Heute ging es im Lehrerzimmer hoch her. Drei Jungen hatten in der Pause das Schulgelände verlassen, um sich einen Joint zu genehmigen. Und sie waren erwischt worden, weil jemand gepetzt hatte. Unter normalen Umständen hätte das einen Schulverweis zur Folge gehabt. Nur waren die Umstände in diesem Fall nicht normal, da einer der Jungen, der achtzehnjährige Peter Naujoks, der Sohn eines angesehenen Professors war. Und die Mutter hatte eine Anwaltskanzlei. Es gab bestimmte Leute, mit denen sich Schulleiter Biermann nicht gern anlegte. Also hatte er alles aufgeboten, um das Kollegium zu überzeugen, dass es sich hier um einen Dummejungenstreich gehandelt habe, weswegen man diesen jungen Menschen doch nicht die ganze Zukunft verbauen konnte. Alle hatten ihre Meinung gesagt und es herrschte Einigkeit darüber, dass man die Sache noch einmal ohne schwerwiegende Konsequenzen zu einem Ende bringen sollte. Lilly, zu jener Zeit eine respektable Blondine von Anfang fünfzig, klein und zäh, konnte es allerdings nicht lassen, noch einen Seitenhieb auszuteilen. Als sie ihre Stimme erhob, machte sich bei Direktor Biermann sein nervöser Magen bemerkbar:

»Es wäre allerdings schön, Herr Biermann, wenn Sie sich auch bei anderer Gelegenheit dafür einsetzen würden, nicht mit Kanonen auf Spatzen zu schießen. Nicht jeder Schüler hat schließlich Professoren und Anwälte als Eltern, und nicht jeder kann Naujoks heißen.«

Dieses blöde Weib, dachte Herr Biermann. Eines Tages erschlage ich dich noch. In rauem Ton gab er zur Antwort:

»Fräulein Höschen, es wäre ja auch ein Wunder, wenn man sich mit Ihnen mal vernünftig unterhalten könnte. Auf diesem Niveau jedenfalls rede ich nicht mit Ihnen.«

Ganz souverän konterte die Angesprochene:

»Herr Oberstudiendirektor, wenn ich niveauvolle Unterhaltung brauche, rede ich mit meiner Handtasche.«

Es fiel den Anwesenden schwer, nicht laut herauszulachen. Viele vergruben einfach ihr Gesicht in den Händen. Nur Elinor Wagner gab ihrem Impuls, lauthals zu lachen, nach.

»Ich muss doch schon sehr bitten«, war alles, was Herr Biermann noch entgegnen konnte.

- 6 -

In Kaltenkirchen ging es hoch her. Freddy und seine Freunde hatten das Marzipan an die Teilnehmer der Kaffeefahrt verteilt und darum gebeten, es sofort zu essen, damit sie dem Hersteller berichten konnten, wie es ihnen schmeckte. Einige der Leute waren skeptisch, andere sagten, dass sie aufgrund ihrer Diabetes grundsätzlich nichts Süßes aßen. Mit einiger Überredungskunst gelang es Freddy jedoch, fast alle Teilnehmer zum Verzehr der Köstlichkeit zu motivieren. Die Gesellschaft wurde schnell recht munter und einige wollten mehr von dieser Süßigkeit. Freddy hatte genug dabei, und bald war die Stimmung so ausgelassen, dass ein paar der Teilnehmer anfingen, den Verkäufer von Kräuterkernseife, die gegen Alzheimer helfen sollte, zu beschimpfen. Eine ältere Dame, die sich auch noch den Marzipanriegel ihres Begleiters einverleibt hatte, stellte sich auf den Stuhl und sang. Eine andere, sehr streng und seriös aussehende Oma, ging einem flotten Achtzigjährigen an die Wäsche. Kein Mensch interessierte sich mehr für Kernseife, Wunderamulette, Heizdecken oder Hühneraugenpflaster gegen Demenzerscheinungen. Der Veranstalter, ein korpulenter, etwas klein geratener Mittfünfziger mit Glatze, war puterrot im Gesicht. So etwas hatte er noch nicht erlebt. Wütend hantierte er mit einer Bratpfanne herum und pfiff Freddy nach vorne:

»Jetzt hör mal zu, du Volltrottel. Entweder du bringst hier jetzt Ordnung rein oder ich hau dir die Bratpfanne auf den Kopf. Was hast du denn mit den Leuten gemacht? Hast du vielleicht Glückspillen ins Marzipan getan?«

»Nö, nur´n bisschen Hasch. Aber es ist halt alles eine Sache der Dosierung. Nächstes Mal...«

Weiter kam er nicht, denn er musste der Bratpfanne

ausweichen, die nach ihm geschleudert wurde. Die älteren Herrschaften lachten und applaudierten. Jemand rief:

»Hau ihm auf die Fresse!«

Fluchtartig verließ Freddy mit seinen beiden Kollegen von der Segeberg-Connection den Saal, während der Veranstalter die Teilnehmer anschrie:

»Jetzt kommt gefälligst nach vorne und macht eure Bestellungen, oder ich stopfe euch die Kräuterkernseife ins Maul. Jedem Einzelnen.«

Ein etwas klapprig wirkender Senior ging nach vorne, griff sich einen Karton Kernseife und warf die Stücke einzeln ins Publikum.

»Heute ist alles kostenlos«, rief er dabei.

Freddy hatte seine beiden Kollegen in Bad Segeberg abgesetzt und fuhr nun mit seinem alten roten Golf in die Einfahrt. Was nun folgte, würde er sein Lebtag nicht vergessen. Seine Oma hatte im Garten ihren alten Kassettenrekorder aufgestellt und tanzte nach der Musik von Cindy und Berts *Alles wird gut*. Dabei bewegte sie ihren Krückstock so als sei es ihr Tanzpartner. So hatte er seine Großmutter noch nie gesehen, die normalerweise immer streng und etwas griesgrämig dreinschaute. Als sie ihren Enkel erblickte, nahm sie ihn in den Arm, um ihn zum Tanzen zu animieren. Freddy riss sich los und schrie:

»Oma, denk doch an deinen Fuß, an dein kaputtes Knie und an die Arthrose.«

»Ach, schiet op Arthrose. Man lebt nur einmal.«

»Oma, hast du vielleicht etwas von dem Marzipan abgezweigt?«

»Ja, denkst du denn, ich mach mir die ganze Arbeit und dann krieg ich nichts davon ab? Ich bin doch nicht blöd.«

»Das kann doch nicht wahr sein!«

Dann riss sich die alte Dame wieder los und tänzelte weiter über den Rasen. Just in diesem Moment kam Fiete angefahren, stieg aus seinem Wagen und starrte erst die Oma und dann Freddy an.

Als die Oma an die Grenzen ihrer körperlichen Leistungsfähigkeit kam, gelang es den beiden Männern, sie endlich ins Haus zu bugsieren. Dann dauerte es etwa zwanzig Minuten, bis Fiete aus seinem Bruder die Wahrheit herausgeholt hatte: Kaffeefahrt, Marzipan, Hasch. Als Freddy, der einfach nicht lügen konnte, dann preisgab, woher er das Haschisch hatte, drehte Fiete durch. Er versetzte seinem Bruder eine Ohrfeige. Dieser nahm Reißaus, und es gab eine Verfolgungsjagd durch das ganze Haus. Endlich gelang es Freddy, die Haustür zu erreichen und in den Garten zu stürmen. Aber sein Bruder war dicht hinter ihm und brachte ihn schließlich auf dem Rasen zu Fall. Er setzte sich auf ihn und watschte ihn abwechselnd mit der linken und der rechten Hand ins Gesicht. Freddy hielt sich die Hände davor. Aber Fiete schlug immer weiter und sagte dabei rhythmisch:

»Was. Glaubt du. Eigentlich. Was mir passiert. Wenn das. Rauskommt?«

Irgendwann merkte er, dass seine Nachbarin Gisela in der Einfahrt stand und dem Schauspiel kopfschüttelnd zusah.

»So viel zum Thema friedliche Nachbarn«, sagte sie.

Als Fiete seinen Bruder endlich gehen ließ, fügte sie noch hinzu:

»Fiete, wenn du dich prügelst, solltest du vielleicht vorher deine Uniform ausziehen. Wenn ein Fremder das sieht, der nicht weiß, wie ihr tickt, denkt er doch, dass es sich hier um polizeiliche Brutalität handelt. Das bringt uns alle in Verruf. Ich weiß ja nicht, was du mit deinem Bruder zu regeln hast, aber wenn ich das noch mal sehe, lege ich dir Handschellen an.«

»Wenn du so einen bescheuerten Bruder hättest, würdest du ihn wahrscheinlich erschießen«, gab dieser zur Antwort, noch ganz außer Atem von der körperlichen Anstrengung.

- 7 -

Vor dreißig Jahren war Lilly Höschen eine attraktive Frau. Ihr freundliches Gesicht konnte aber nicht darüber hinwegtäuschen, dass sie es faustdick hinter den Ohren hatte. Sie konnte sarkastisch sein und, wenn es sein musste, auch mit Worten töten. Wer ihr dumm kam, den kanzelte sie schon mal mit einer handfesten Beleidigung ab. Sie selbst fühlte sich nicht nur beleidigt, sondern konnte geradezu in höchste Erregung geraten, wenn man ihren Namen wie Hös-chen aussprach und nicht wie Hö-schen. Hinter ihrem Rücken sagte natürlich jeder Hös-chen. Man durfte sich nur nicht erwischen lassen. Außerdem bestand sie darauf, mit Fräulein angeredet zu werden. Sie hatte es nicht nötig, die Frau von irgendjemandem zu sein. Das war die eine Seite des Fräuleins. Die andere Seite war die hilfsbereite, mitfühlende Lilly, die liebenswürdige, charmante Freundin, die Lehrerin, die alles aus einem Schüler herausholen konnte, damit er das Ziel erreichte. Wer sich ihr anvertraute, hatte eine gute Zuhörerin und Mentorin. Für ihre Freunde, wie auch für einige Schüler, ging sie notfalls auch Pferde stehlen. Lilly konnte nie warm oder lau sein, sondern nur heiß oder kalt.

Es war an einem Freitagvormittag, als ihr eine siebzehnjährige Schülerin heulend im Flur entgegengerannt kam.

»Rosemarie, was ist denn mit dir passiert?«

Das Mädchen versuchte zu sprechen, bekam aber kein verständliches Wort, geschweige denn einen zusammenhängenden Satz heraus. Lilly legte ihren Arm um die Schultern des Mädchens und ging mit ihr in ein Besucherzimmer. Da die Pause zu Ende ging, rief sie im Lehrerzimmer an und bat darum, sie in ihrer Klasse zu vertreten.

»Was ist denn los? Wie soll ich denn so schnell eine Vertretung organisieren?«, fragte der Kollege am Telefon. Lillys knappe Antwort:

»Zu Frage eins: Das kann ich im Moment noch nicht sagen. Zu Frage zwei: Es ist mir scheißegal.«

Dann legte sie auf und widmete sich der Schülerin Rosemarie Ahrens. Was diese ihr erzählte, erschütterte Lilly zutiefst. Und es ließ eine Wut in ihr aufsteigen, die sie fast zum Platzen brachte.

»Rosemarie, ich rufe jetzt die Polizei an. Diese Schweinekerle dürfen nicht davonkommen.«

Was in den nächsten Tagen geschah, veranlasste den Direktor, seinen vorzeitigen Ruhestand zu beantragen. Dass die Polizei in der Schule aufkreuzte und drei Schüler zum Verhör mitnahm, dass man Rosemarie zur ärztlichen Untersuchung und anschließend ebenfalls zur Vernehmung gebracht hatte, erfuhr er erst eine Stunde später von Lilly Höschen. Das Kollegium traf sich nach Schulschluss zu einer eiligst einberufenen Sonderkonferenz, in der Lilly ein Gedächtnisprotokoll verlas über die Vorgänge, die Rosemarie ihr unter Schock berichtet hatte. Drei Jungen, nach dem Gesetz erwachsene Männer, da achtzehn Jahre alt, hatten das Mädchen in einem Waldstück nahe der Schule vergewaltigt. Lilly gab jede Einzelheit, die sie von dem Mädchen erfahren hatte, weiter. Die drei Namen der Übeltäter waren dann allerdings keine Überraschung. Als sie ihren Vortrag beendet hatte, sagte ihre Kollegin Elinor, eine resolute Dame von Ende fünfzig:

»Ich hoffe, dass diese verdammten Kerle weggeschlossen werden.«

Ansonsten ungläubiges Staunen, teilweise Entsetzen und Kopfschütteln im Kollegium. Dann erhob sich Direktor Biermann, sah zuerst Elinor scharf an wegen ihrer

Bemerkung und richtete sich dann an Lilly:

»Fräulein Höschen, bis jetzt dachte ich immer, dass ich diese Schule leite. Aber offenbar haben Sie hier die Herrschaft übernommen. Wie soll ich es mir sonst erklären, dass Sie hinter meinem Rücken eine Schülerin verhören, dass Sie drei junge Männer verhaften lassen und alles durcheinander wirbeln? Von der Rufschädigung unserer Schule und den weiteren Konsequenzen will ich gar nicht reden. Statt zu mir zu kommen, wie es Ihre Pflicht gewesen wäre, schlagen Sie alles kurz und klein. Ohne Rücksicht auf Verluste. Was glauben Sie eigentlich, wer Sie sind? Der Herrgott persönlich? Und was ist, wenn dieses dumme Mädchen gelogen hat? Um sich wichtig zu tun? Oder wenn sie mit ihrerm aufreizenden Aufzug die jungen Männer ermutigt hat?«

Er hatte sich in Rage geredet und war selbst erschrocken, wie laut er geworden war. Lilly, die innerlich kochte und nach Außen die Ruhe selbst war, erhob sich würdevoll und erwiderte langsam und in leisem Ton, damit ihr jeder aufmerksam zuhören musste:

»Ihnen, Herr Direktor, hätte das Mädchen mit Sicherheit gar nichts erzählt. Und was den Ruf der Schule betrifft, nun, jede Schule hat den Ruf, den sie verdient, was natürlich in höchstem Maße vom Schulleiter abhängt. Da besagte Schüler bei Ihnen offenbar Narrenfreiheit haben, brauchen Sie sich nicht zu wundern, dass sie immer so weiter machen. Um eine kriminelle Handlung anzuzeigen, wird auch kein Direktor benötigt. Das ist die Pflicht eines jeden mündigen Bürgers. Außerdem habe ich nach Absprache mit dem Opfer die Polizei gerufen. Sie hätten sie doch nur dazu überredet, alles unter den Teppich zu kehren, Sie Weichei. Und wenn Sie noch einmal behaupten, das Opfer sei selbst Schuld an der Vergewaltigung, dann schlage ich Ihnen die Zähne ein.«

Den letzten Satz hatte Lilly gebrüllt.

Nun brachen tumultartige Zustände aus. Elinor applaudierte ihrer Kollegin, der Direktor schrie irgendetwas Unverständliches, so dass sich seine Stimme überschlug, und alle plapperten laut durcheinander.

Direktor Biermann war nicht mehr in der Lage, auf Lillys Drohung zu antworten. Mit beiden Händen gebot er theatralisch Ruhe und sagte dann, fast flüsternd:

»Ich werde in den nächsten Tagen versuchen, Ordnung in diese Angelegenheit zu bringen. Dazu gehört, dass ich mit den Beschuldigten und dem mutmaßlichen Opfer und deren Eltern rede. Ich werde Sie am Montag über den Stand der Dinge informieren. Und bis dahin bitte ich um Stillschweigen. Das heißt, ich bitte nicht, sondern ich verlange absolute Diskretion.«

Dann verließ er eiligst das Lehrerzimmer, den Blick in sich gekehrt. Er brauchte jetzt dringend seine Magentabletten und ein Beruhigungsmittel.

Am Montag gab es nach der sechsten Stunde wieder eine Konferenz. Der Direktor stand ganz offensichtlich unter starken Beruhigungsmitteln. Er erklärte dem Kollegium, dass er das ganze Wochenende über mit den drei Schülern, mit deren Eltern, mit dem mutmaßlichen Opfer und deren Eltern verhandelt habe. Alle Beteiligten hätten sich darauf geeinigt, dass Rosemarie Ahrens ihre Aussage revidieren würde und die Schule wechselte. Und auch die drei jungen Männer würden die Schule verlassen. Das Schuljahr sei ja sowieso bald zu Ende. Damit sei der Fall zur allseitigen Zufriedenheit bereinigt.

»Wollen Sie uns verarschen?«

Das war die durchdringende Stimme von Elinor Wagner.

»Das mindeste ist ja wohl ein Rausschmiss erster Klasse. Und wenn Sie das nicht bewerkstelligen, Herr Biermann, dann werde ich gegen Sie eine Dienstaufsichtsbeschwerde einreichen.«

»Ich schließe mich an«, rief Lilly dazwischen.

Auch andere Kollegen fühlten sich nicht wohl mit dem, was ihr Direktor da im Alleingang bewerkstelligt hatte. Wieder kam es zu lauten Diskussionen. Lilly und Elinor waren dafür, den Regierungspräsidenten einzuschalten, und wenn es sein musste, bis zum Kultusminister zu gehen. Es blieb dem Direktor nichts anderes übrig, als die Schüler zu verweisen. Das war dann auch seine letzte Tat. Ein paar Tage später meldete er sich krank und betrat die Schule nie wieder. *Nervlicher Erschütterungszustand* diagnostizierte der Arzt. Der vorgesetzten Behörde blieb nichts anderes übrig, als der vorzeitigen Pensionierung zuzustimmen.

- 8 -

Gisela fühlte sich wohl in ihrer neuen Umgebung. Mit ihren neuen Kollegen kam sie inzwischen gut klar. Es gab zwar zurzeit keine weltbewegenden Fälle, die sie besonders herausforderten. Aber gerade deshalb hatte sie den Kopf frei, um sich um ihr neues Heim zu kümmern, die Gegend zu erkunden und sich ihrem Mann zu widmen, der in seinem neuen Job alle Hände voll zu tun hatte. Außerdem war Sommer, und sie genoss den großen Garten. Heute hatte sie die spontane Idee, sich ihrer lästigen, mittellangen Haare zu entledigen. Nach Dienstschluss suchte sie einen Frisör auf, der auch gerade Zeit für sie hatte und ließ sich einen Jungenhaarschnitt verpassen. Kurz, praktisch, pflegeleicht. Als ihr Mann nach Hause kam, saß sie im Garten und war in ein Buch vertieft. Klaus kam langsam auf sie zu und sagte mit gespieltem Erstaunen:

»Entschuldigung, aber hat dir meine Frau erlaubt, hier in unserem Garten zu sitzen? Ich meine, es kann ja nicht jeder Bengel einfach hier herkommen und die Bücher meiner Frau lesen.«

»Wenn du jetzt sagst, dass du meine neue Frisur nicht magst, dann hole ich meine Handschellen und fessele dich am Apfelbaum.«

»Ach du bist es, Gisela. Entschuldige, aber wie kann ich denn ohne Vorwarnung damit rechnen, dass du dich innerhalb eines Tages in einen Jungen verwandelst. Deine neue Frisur sieht natürlich ganz toll aus. Ich meine, wenn man Jungen mag.«

Jetzt warf sie ihr Buch nach ihm. Er konnte ausweichen, ging zu ihr, zog sie vom Stuhl hoch und umarmte sie.

Am Abend rief wieder Lilly an. Sie hatte inzwischen auf Giselas Rat hin mit Kommissar Schneider gesprochen, der sich alles angehört und detaillierte Fragen gestellt hatte. Das war nun ein paar Tage her, und sie hatte noch nichts wieder von ihm gehört.

»Also, ich habe ihm die Namen dieser drei verflixten Bengel genannt. Peter Naujoks, das war der Anführer. Ein durch und durch verdorbener Kerl. Seine Eltern haben ihn nach dem Rausschmiss wohl auf ein Internat geschickt. Was aus ihm geworden ist, weiß ich nicht. Die beiden anderen hießen Karl-Heinz Soest und Jürgen Schmer. Ich kann mich nicht sonderlich gut an sie erinnern. Und ich weiß auch nicht, wie es mit ihnen nach dem Schulverweis weiterging. Nach dem vergewaltigten Mädchen, Rosemarie, habe ich mich mal bei den Eltern erkundigt. Sie hatten offenbar kein Interesse, dass ich Kontakt zu ihr aufnahm. Mir wurde nur gesagt, dass sie ihr Abitur in der Nachbarstadt Osterode machen würde. Jahre später hat mir eine andere Schülerin erzählt, dass Rosemarie wohl Ärztin geworden ist und in Hamburg lebt.«

»Gut, Lilly. Ich habe mir, wie es meine Art ist, alle Namen notiert. Ich denke, ich telefoniere einfach mal mit meinem alten Chef, Gerald Schneider. Ich will mal hören, ob er etwas herausgefunden hat, beziehungsweise, ob er einen Zusammenhang zwischen den beiden toten Kollegen und diesem alten Fall sieht. Natürlich ist das alles etwas vage. Aber man hat schon Pferde kotzen sehen.«

»Oh ja, direkt vor der Apotheke«, erwiderte Lilly.

Unmittelbar nach dem Telefongespräch recherchierte Gisela im Internet und fand beim Googeln einen Dr. Michael Naujoks. Er war geschäftsführender Gesellschafter diverser Kliniken in Schleswig-Holstein, Mecklenburg-Vorpommern und Brandenburg. Über die beiden anderen Übeltäter von damals fand sie nichts. Aber sie konnte eine Dr. med. Rosemarie Ahrens in Hamburg ermitteln. Dann griff sie zum Telefon und rief ihren alten Chef an, Hauptkommissar Schneider.

»Hallo Chef, hier ist Gisela.«

»Gisela? Meine Gisela? Mein Gott, waren das noch Zeiten, als ich Ihr Chef war. Seit Sie nicht mehr da sind, ist alles so grottenlangweilig geworden. Sind diese Nordlichter auch gut zu Ihnen? Oder muss ich mir Sorgen machen?«

»Mir geht es bestens.«

»Ich hoffe, das stimmt. Ansonsten mach ich mich auf den Weg und hole Sie da weg.«

Irgendwann kamen sie dann auch auf Lilly Höschen und die beiden Todesfälle zu sprechen, die die alte Dame ängstigten.

»Gisela, wir haben alles sorgfältig recherchiert. Der verstorbene Direktor erhielt an besagtem Tag keinen Besuch, soweit man das sagen kann. Solch eine Altenresidenz ist ja kein Haus, in dem man sich an- und abmelden muss. Er muss das Kokain schon vorher gehabt haben. Und die verstorbene Lehrerin lebte ja allein. Niemand hat dort jemanden gesehen. In der Nähe des Hauses parkte an besagtem Abend nur ein Pkw mit Rostocker Kennzeichen. Der Nachbar hat sich natürlich nicht das exakte Kennzeichen gemerkt. Es gibt bei beiden keine Spur von Gewalt. Es gibt keine Hinweise auf Besucher. Nichts. Trotzdem haben wir in weiser Voraussicht Spuren gesichert, zum Beispiel an dem benutzen Geschirr. Man weiß ja nie. Aber solange wir nicht konkret jemanden suchen, nutzen diese Spuren nichts. Tja, und wir haben natürlich auch die damals jungen Männer aufzuspüren versucht. Der Hauptübeltäter von damals, ein gewisser Peter Naujoks, wohnt heute in Lübeck. Er hat BWL studiert, in Zypern promoviert«.

Jetzt musste Gisela lachen.

»Das heißt, er hat sich seinen Doktor gekauft.«

»Keine Ahnung, Gisela. Ich weiß nur, dass er ganz ordentlich geerbt hat und heute Mitinhaber und Geschäftsführer einer Reihe von Kliniken in Norddeutschland ist. Er ist nie straffällig geworden. Der Mittäter von damals, Karl-Heinz Soest, lebt hier in der Gegend. Er hat die Schule damals verlassen und eine Lehre als Klempner gemacht. In diesem Beruf arbeitet er heute auch noch. Er führt ein völlig unauffälliges Leben, ist verheiratet und hat zwei Kinder. Was mit dem anderen Mittäter, diesem Jürgen Schmer ist, weiß ich nicht. Er ging vor mehr als zwanzig Jahren ins Ausland. Und da verliert sich seine Spur. Tja, und dann wäre da noch das Opfer von damals, Rosemarie Ahrens. Sie hat nie geheiratet, lebt in Hamburg und ist Ärztin.«

»Naja, das ist natürlich alles nicht sehr aufregend. Es war halt nur so eine Idee, weil Lilly Höschen sich Sorgen macht, dass innerhalb so kurzer Zeit gerade diese beiden Kollegen auf so merkwürdige Weise ums Leben gekommen sind.«

»Ich verstehe Fräulein Höschen vollkommen. Aber wir haben nicht den geringsten Hinweis, dass diese beiden Todesfälle in die Vergangenheit führen. Ich mag das alte Fräulein ja wirklich sehr. Und ich werde sie ab und zu mal anrufen oder auch vorbeifahren, um sie zu fragen, ob alles in Ordnung ist.«

»Tun Sie das.«

Nach dem Gespräch war Gisela zwar einigermaßen beruhigt, aber doch irgendwie unbefriedigt. Sie hatte sich mehr versprochen. Also gut, dachte sie, ich habe im Moment den Kopf halbwegs frei. Es kann ja nicht schaden, wenn ich mich privat ein bisschen umhöre. Hamburg liegt vor der Haustür. Und in Lübeck bin ich sowieso jeden Tag. Dann suchte sie die Telefonnummer von Rosemarie Ahrens heraus.

- 9 -

Rosemarie Ahrens hatte sich über Giselas Anruf gewundert. Das Landeskriminalamt interessierte sich für eine Sache, die dreißig Jahre zurücklag. Gisela hatte ihr natürlich gesagt, dass es sich nicht um offizielle Ermittlungen handelte. Erst wollte sie ein Gespräch ablehnen. Als die Kommissarin dann aber erwähnte, dass zwei der Lehrer, die für den Rausschmiss ihrer Peiniger verantwortlich waren, auf mysteriöse Weise gestorben waren, sagte sie zu. Natürlich wäre Gisela zu der Unterredung nach Hamburg gefahren. Aber es ergab sich, dass Rosemarie Ahrens am Samstag aus beruflichen Gründen nach Lübeck musste. Daher verabredete man, sich bei Gisela zu Hause, in Kleinbötelkamp, zu treffen.

Am Samstagmorgen musste Gisela sich plötzlich beim Zähneputzen erbrechen. Nanu, dachte sie, ich hab doch gar nichts Schlechtes gegessen. Beim Frühstück ging es ihr aber schon wieder richtig gut. Klaus hatte Brötchen geholt, und Gisela schlug ordentlich zu. Am frühen Nachmittag wollte Frau Dr. Ahrens kommen. Klaus hatte sich mit einem Kollegen zum Segeln verabredet und würde erst abends zurückkommen.

Nach einer opulenten Pfanne Rührei mit Speck setze Gisela sich mittags in den Garten. Kurz darauf fuhr ein silberner Mazda in die Einfahrt, dem eine fantastisch aussehende Frau entstieg. Groß und schlank, langes braunes Haar, ein dezentes Lächeln auf den Lippen. Sollte das etwa Frau Dr. Ahrens sein? Konnte man mit siebenundvierzig so aussehen? Ganz erstaunt ging Gisela ihr entgegen und reichte der Frau die Hand, die sich als Rosemarie Ahrens vorstellte. Sie nahmen auf der Sitzgruppe im Schatten des großen Lindenbaums Platz.

»Da bin ich. Was kann ich für Sie tun?«

»Ich freue mich und bin Ihnen sehr dankbar, dass Sie gekommen sind. Ich spreche mit Ihnen nicht in meiner Eigenschaft als Kriminalkommissarin, sondern weil mir meine liebe Freundin Lilly Höschen am Herzen liegt.«

»Was, Lilly Höschen lebt noch? Mein Gott, ich habe so oft an sie gedacht, mich aber nie getraut, Kontakt zu ihr aufzunehmen.«

»Nun, ich habe Lilly kennengelernt, als es in ihrem Umfeld einige Verbrechen aufzuklären gab. Und mittlerweile sind wir gute Freundinnen. Mit ihren über achtzig Jahren ist sie immer noch gut drauf. Sie war es, die mich über den Tod ihres früheren Direktors und ihrer Kollegin informiert hat. Beide sind auf sehr merkwürdige Art gestorben. Durch Drogenmissbrauch. Außerdem könnte man meinen, dass beide auch sexuell-moralisch in ein schlechtes Licht gestellt werden sollten. Elinor Wagner tanzte in nuttenhaften Dessous auf der Straße herum. Und der Direktor hatte in seinem DVD-Player einen Pornofilm, als man ihn tot auffand. Ich habe Lilly natürlich hinsichtlich der schulischen Vergangenheit befragt. Und da kam die Sache mit den Schülern zur Sprache, die damals von der Schule geflogen sind. Sie waren wegen Drogen aufgefallen, und dann gab es den Vorfall, über den Sie sicherlich besser Bescheid wissen als sonst jemand. Und es waren Lilly und Elinor Wagner, die den Direktor gezwungen hatten, die Schüler zu feuern. Der Direktor und Frau Wagner sind nun auf diese mysteriöse Weise ums Leben gekommen. Und Lilly hat Angst, dass mit ihr das gleiche passieren könnte.«

Rosemarie Ahrens hatte geduldig zugehört, ohne jede erkennbare Regung. Dann trank sie einen Schluck Wasser, schaute Gisela in die Augen und begann ganz ruhig zu sprechen:

»Ich war jahrelang nicht in der Lage, mit irgendjemandem über dieses Thema zu reden. Erst viel später, nachdem diverse Beziehungen in die Brüche gegangen waren, konnte ich mich einem Psychologen anvertrauen. Deshalb kann ich heute auch hier sitzen und ohne große Emotionen mit Ihnen reden. Ich will ganz von vorne anfangen. Und wenn Sie alles wissen, dann werden Sie vielleicht auch verstehen, warum Fräulein Höschen Angst hat. Ich war siebzehn und mir war bewusst, dass ich eine gewisse Wirkung auf Männer hatte. In einer Freistunde sprach mich ein Junge an, dem ich nicht abgeneigt war. Peter Naujoks. Er sah gut aus und war unheimlich cool und souverän. Er hatte schon ein eigenes Auto. Wir gingen in das Wäldchen nahe der Schule, setzten uns ins Gras und unterhielten uns. Da kamen zwei andere Jungen, mit denen er immer herumhing: Karl-Heinz Soest und Jürgen Schmer. Die beiden begannen, obszöne Reden zu schwingen. Irgendwann fingen sie an, mich anzufassen. Ich schlug um mich und schrie Peter an, dass er mir helfen sollte. Aber der lächelte nur. Schließlich hielt mich einer fest, während der andere mich auszog. Was sie dann mit mir gemacht haben, war abgrundtief widerlich. Und Peter Naujoks stand nur da und sah mich grinsend an. Als die beiden mit mir fertig waren, holte er sein Ding raus und pinkelte in meine Richtung und sagte, dass man auf so ein frigides Stück nur pissen könne.«

Jetzt sah Rosemarie Ahrens doch recht mitgenommen aus. Aber sie wehrte Gisela ab, die gestikulierte, eine Pause zu machen, und sprach ruhig weiter:

»Nein, nein, es geht schon. Ich konnte damals einfach nicht fassen, was mir passiert war. Ich saß zunächst schreiend im Wald, zog mich dann mühsam an und ging mit letzter Kraft zur Schule zurück. Ich achtete gar nicht darauf, wem ich begegnete, wollte auch keinen sehen. Auf dem Flur krallte mich dann Fräulein Höschen, legte den Arm um mich und führte mich in ein Besucherzimmer. Dort habe ich ihr alles erzählt. Dann kam die Polizei und brachte mich zum Arzt. Man stellte Schürfwunden fest und Blutergüsse an Armen und Beinen. Die vaginale Untersuchung ergab nichts. Es war ihnen ja nicht gelungen, in mich einzudringen. Aber man fand Sperma auf meinem Körper. Dann machte ich meine Aussage, und danach wurde ich von meinen Eltern abgeholt. Mein Vater wollte die Kerle umbringen. Am nächsten Tag, das war ein Samstag, wurden meine Eltern zu Naujoks gebeten. Sie blieben mehrere Stunden dort. Als sie nach Hause kamen, erzählten sie zunächst nichts. Erst am nächsten Tag setzten wir uns zusammen. Und da meinte mein Vater, dass es schwierig sei, die drei dranzukriegen. Wahrscheinlich würden sie sich absprechen und behaupten, ich hätte das alles freiwillig gemacht. Wie sollte ich denn erklären, warum ich mit in den Wald gegangen war? Peters Mutter, eine gewiefte Anwältin, würde schon einen Dreh finden, dass ihr toller Sohn davonkam. Wenn ich bereit wäre, meine Aussage zu ändern, dann würden Peters Eltern mir als Schadenersatz dreißigtausend Mark für mein Studium geben. Und mein Vater würde eine sichere Stelle als Hausmeister an der Universität bekommen.«

»Und sie haben sich darauf eingelassen«, stellte Gisela in traurigem Ton fest.

»Ja. Ich war ein nervliches Wrack. Die Vorstellung, vor Gericht alles noch mal erzählen zu müssen und gegen die Lügen der Kerle anzugehen und mich von den Anwälten als Flittchen hinstellen lassen zu müssen, das hätte ich wohl nicht durchgestanden. Wenn meine Eltern zu mir gehalten hätten, dann wäre das vielleicht gegangen. Aber sie waren von den Naujoks wohl so manipuliert, dass ich keinen Rückhalt mehr spürte. Dann kam auch noch dieser Arsch von Direktor und hat gesagt, dass diese Regelung sicherlich für alle Beteiligten das Beste wäre.«

Nach einer kurzen Pause, in der sich Rosemarie Ahrens Wasser nachgoss und einen großen Schluck nahm, sagte sie mit verbissenem Gesichtsausdruck:

»Ich kann Ihnen nur eines sagen: Diese beiden Schweine, Karl-Heinz und Jürgen sind wirklich das Letzte. Aber Peter Naujoks, der ist das personifizierte Böse. Dem würde ich alles zutrauen. Sein Blick, als ich da hilflos lag, hat mich noch jahrelang verfolgt.«

»Sie wissen, dass er jetzt in Lübeck lebt?«

»Ja, wir sind ja sozusagen in derselben Branche. Ich als Ärztin und er als korrupter Geschäftemacher. Ich ziehe übrigens in Kürze auch nach Lübeck. Ich übernehme nächste Woche eine Stelle als Chefärztin. Allerdings wird es mir wohl erspart bleiben, ihm je wieder zu begegnen. Die Klinik, in der ich arbeiten werde, hat mit den Unternehmungen dieses feinen Herrn absolut nichts zu tun.«

»Tja, Frau Ahrens, das war sehr aufschlussreich. Ob seine anormale Verhaltensweise allerdings so weit geht, dass er etwas mit dem Tod der beiden Lehrkräfte zu tun hat, kann ich natürlich nicht beurteilen. Es gibt einfach keine Indizien. Die zuständige Kripo in Goslar ermittelt nicht mal weiter, weil kein Fremdverschulden bei den Todesfällen erkennbar ist.«

»Gehen Sie vorsichtshalber mal vom Schlimmsten aus. Sagen Sie Fräulein Höschen, dass sie auf der Hut sein soll. Ich habe jedenfalls kein gutes Gefühl.«

- 10 -

Freddy hatte zunächst mal die Schnauze gestrichen voll von Kaffeefahrten, Marzipan und Haschisch. Dass die Oma auch so blöd sein musste, sich dieses Zeug reinzuziehen! Und dass dann ausgerechnet sein großer Bruder, der Superbulle, dazukommen musste, als die Oma abgetickt war – schlimmer hätte es nicht kommen können. Dass er ihn verprügelt hatte, war ja nichts Besonderes. Gekracht hatte es schon immer zwischen ihnen, und meistens zog er den Kürzeren. Aber Fiete würde ihn jetzt natürlich auf Schritt und Tritt bewachen. Und seine Freunde von der Segeberg-Connection durften sich hier erst mal nicht blicken lassen. Das war klar. Nun kamen die beiden aber auf die Idee, Marzipan mit einer Prise Hasch als Partygag zu verkaufen. Und zwar im großen Stil. Und Freddy sollte es produzieren. Von dem Geld, das die beiden ihm gaben, kaufte er bergeweise Mandeln und Puderzucker, ein paar Fläschchen der benötigten Ingredienzien und zwanzig Gläser Honig. Die Produktion würde er in der Waschküche vornehmen, die sein Bruder sowieso nie betrat. Das restliche Haschisch würde halt einfach gestreckt. Dann mussten die Leute, die einen Rausch kriegen wollten, eben entsprechend viel kaufen. Fiete hatte heute Nachtdienst, und die Oma hatte einen tiefen Schlaf. Er würde die ganzen Zutaten in die große Zinkwanne tun und dann ordentlich kneten. Die Marzipanmasse könnte er dann morgen zu den beiden anderen schaffen, um sie dort in kleine Stücke zu formen und zu kühlen.

Aber bei Freddy Behrens kam eben immer alles ganz anders, als er es plante. Er rackerte die halbe Nacht in der Waschküche. Die Zutaten wurden geknetet, bis die Masse endlich die richtige Konsistenz hatte. Dann gab er den gesamten, noch vorhandenen Vorrat an Haschisch dazu und knetete weiter. Das war echte Knochenarbeit. Am Ende befand er die Marzipanmasse als zu fest und kippte noch den restlichen Honig aus den Gläsern dazu und knetete wieder. Endlich war er mit seiner Arbeit zufrieden, wusch sich die klebrigen Hände und ging ins Bett.

Als Freddy schlief, wurde die Oma wach. Sie ging in die Küche, um sich ein Glas Wasser zu holen. Dann fiel ihr ein, dass sie am Abend vergessen hatte, die Waschmaschine aufzumachen. Wenn die nasse Wäsche die ganze Nacht da in der Maschine liegt, fängt sie an zu stocken, dachte sie. Deshalb ging sie die Treppe runter in den Keller, machte Licht an und öffnete die Maschine. Als sie dann einen Schritt zurück trat, passierte es. Sie verlor das Gleichgewicht und saß mit einem Ruck in der alten Zinkwanne. Nanu, dachte sie, das ist aber weich. Eigentlich hätte ich mir ja die Knochen brechen müssen. Dann fasste sie neben sich und untersuchte, in welcher komischen klebrigen Masse sie da saß. Sie führte die Hand zum Mund und schmunzelte. Dieser verrückte Bengel, dachte sie. Jetzt macht er das Marzipan schon wannenweise. Er scheint wohl auf den Geschmack gekommen zu sein. Aber wie komme ich hier wieder raus? Das Zeug klebt und pappt. Rufen hatte keinen Sinn. Schließlich fand sie sich mit ihrem Schicksal ab und fing an, händeweise Marzipan zu essen. Dann sang sie aus Leibeskräften: *Alles wird gut, alles wird gut, da gewinnst du wieder Mut...*

Am nächsten Morgen wurde Freddy von seinem Bruder geweckt. Fiete war es gewohnt, dass die Oma morgens, wenn er von der Nachtschicht kam, mit Frühstück auf ihn wartete. Heute war das anders. Er suchte sie im ganzen Haus. Obwohl er nicht glaubte, dass sie noch im Bett lag, schaute er im Schlafzimmer nach. Nichts. Nun stand er neben Freddys Bett und rief:

»Wo ist denn die Oma?«

Freddy, der gar nicht so schnell wach wurde, antwortete barsch:

»Bist du verrückt geworden, mich um diese Zeit wach zu machen? Was weiß ich, wo die Oma ist? Bestimmt in der Küche. Such sie doch, und jetzt scher dich aus meinem Schlafzimmer.«

»Der einzige Platz, wo ich noch nicht geschaut habe, ist die Waschküche«, sagte Fiete und verließ das Zimmer.

Waschküche? Jetzt war Freddy mit einem Mal hellwach, sprang aus dem Bett und lief hinter Fiete her. Er schubste ihn beiseite und sprang in wenigen Sätzen die Kellertreppe hinunter, um in die Waschküche zu eilen, Fiete hinter ihm her. Dann sahen sie ein Bild, das in seiner Kombination aus Schrecken und Komik nicht zu überbieten war: Die Oma saß bequem in der Zinkwanne, aus der an beiden Seiten eine helle Masse herausquoll. Mund und Augen waren weit geöffnet. Das Gesicht war ebenfalls mit dieser Masse beschmiert. Und das Verrückteste: sie sah aus, als würde sie lachen, und zwar so sehr, wie sie es nur selten gesehen hatten. Nachdem der erste Schreck bei Fiete verklungen war, kniete er sich hin, um den Puls seiner Großmutter zu fühlen. Nichts. Außerdem war sie kalt. Sie war eindeutig tot. Freddy hielt seinen Finger an die Halsschlagader der alten Frau. Da war nichts zu spüren.

»Was ist denn das für ein Zeug, wo die Oma drinsitzt? Und warum sieht sie so aus, als würde sie sich kaputtlachen?«, fragte Fiete. Und Freddy antwortete ganz nüchtern:

»Wahrscheinlich hat sie ein Marzipanbad genommen und sich dabei totgelacht.«

Zack, da hatte er sich auch schon eine Ohrfeige von

seinem Bruder eingefangen. Dann brodelte es in Fiete und nach einer halben Minute hatte er sich so weit gefasst, dass er wieder klar denken konnte. Ganz leise sagte er:

»Freddy, sag mir, dass das kein Haschmarzipan ist. Sag mir, dass du damit nichts zu tun hast.«

»Fiete, reg dich jetzt bitte nicht auf. Das ist Marzipan mit einer ganz kleinen Prise von dem restlichen Haschisch. Aber ich konnte doch nicht ahnen, dass die Oma darin badet.«

Und zack, da hatte er sich die nächste Ohrfeige eingefangen.

»Du sollst mir nicht immer ins Gesicht hauen. Eines Tages zeige ich dich an!«

»Freddy, kannst du mir bitte sagen, was wir jetzt tun sollen?«

»Wie wär´s denn, wenn wir einen Arzt holen?«

»Und was soll der auf den Totenschein schreiben? Verstorbene hat Haschmarzipan verzehrt und sich dabei totgelacht?«

»Nu werd mal nicht sarkastisch. Vorher müssen wir sie natürlich da rausholen und mit dem Hochdruckreiniger abspritzen, damit sie nicht so klebt. Dann ziehen wir ihr ein neues Nachthemd an und legen sie ins Bett. Alte Leute sterben ja meistens im Bett. Herzinfarkt und Schluss.«

Fiete blickte seinen Bruder an, als wäre nun der jüngste Tag angebrochen.

»Sieh mich nicht so an, Fiete. Da kriegt man ja Angst. Denk doch mal praktisch.«

»Freddy, ich erwürge dich.«

»Was wollen wir denn sonst mit ihr machen? Sie im Garten verbuddeln? Oder in die Trave schmeißen?«

Fiete machte Anstalten, wieder auszuholen, und Freddy ging auch schon in Deckung. Aber er hatte keine Kraft mehr. Stattdessen ging er ganz langsam die Treppe hoch und sagte zu sich selbst:

»Das ist ja alles gar nicht wahr. Ich träume das nur. Ich geh jetzt einfach ins Bett. Und wenn ich wieder aufstehe, ist alles vorbei.«

So hatte Freddy seinen Bruder noch nie erlebt.

»Aber Fiete, du kannst doch jetzt nicht einfach ins Bett gehen. Unsere Oma ist tot. Wir müssen doch jetzt irgendwas machen.«

»Doch, ich kann ins Bett gehen. Ich muss gar nichts machen. Du musst was machen. Mir ist das zu viel. Gute Nacht.«

Dann war er in seinem Zimmer verschwunden.

Eine halbe Stunde später kamen Freddys Freunde angesaust.

»So, wo ist denn nun die Marzipanleiche?«, fragte Jens, der lange Blonde aus Bad Segeberg.

»Red nicht so abfällig über meine Oma. Geht in die Waschküche.«

»Mein Gott, die Olle lacht ja«, war alles, was Jens beim Anblick von Keiferlore herausbrachte. Und Ralf, das dritte Mitglied im Bunde, meinte:

»Das teure Marzipan. Am besten, wir holen die Oma da raus, machen sie gründlich sauber, kratzen alles Marzipan von ihr ab und dann schaffen wir das Zeug weg, um es ordentlich zu verarbeiten.«

»Aber das Marzipan kann man doch jetzt nicht mehr essen«, entrüstete sich Jens.

»Warum denn nicht? Du musst es ja auch nicht essen, sondern die, die es kaufen. Oder wolltest du es erst noch vom Gesundheitsamt untersuchen lassen?«

»Na, das muss ja nun nicht unbedingt sein. Das ist

schließlich unser ganzes Kapital. Ich meinte nur von wegen der Pietät.«

»Wer sich mit Hasch volldröhnt, braucht keine Pietät.«

»Vielleicht können wir ja die ganze Oma verkaufen, so wie sie ist. Auf dem Wochenmarkt. Einmaliges Angebot: Lübecker Marzipanleiche«, schlug Jens vor und fing sich von Freddy einen Klaps auf den Hinterkopf ein.

Sie reinigten die Oma dann doch nicht mit dem Hochdruckgerät, sondern wuschen sie gründlich, steckten sie in ein Nachthemd und legten sie ins Bett. Die Wanne mit dem Marzipan trugen sie unter Aufbietung ihrer ganzen Kraftreserven ins Auto und sausten ab. Dann weckte Freddy seinen Bruder, zeigte ihm die im Bett liegende Großmutter und die pieksaubere Waschküche und rief den alten Hausarzt Dr. Nickel. Der wunderte sich beim Anblick seiner langjährigen Patientin.

»Mein Gott, die alte Lore muss ja was Herrliches geträumt haben, als sie starb. Im Leben habe ich sie nie so lachen gesehen.«

Für ihn war der Fall klar. Herzstillstand und damit basta. Was sollte man bei so einem alten Menschen denn noch untersuchen? Tot ist tot. Sie hatte ihr Leben gelebt und war offenbar fröhlich lachend von dieser Welt gegangen.

- 11 -

Peter Naujoks bewohnte eines der teuersten Häuser in Travemünde. Mit seinen achtundvierzig Jahren hatte er es weit gebracht. Nach dem Rausschmiss aus der Schule hatten seine Eltern ihn an die Kandare genommen. Er kam in ein schottisches Internat, in dem ein vorsintflutlich strenges Regiment geführt wurde. Mit zwanzig hatte er hier schließlich seinen Abschluss geschafft. Danach kam das Studium in Amerika. Dann ergab es sich, dass sein Großvater starb und ihn reichlich bedachte. Als seine Eltern ein paar Jahre später das Zeitliche segneten, kam ein weiterer Geldregen. Er beteiligte sich an einer Klinik, die sich nicht gerade um Kassenpatienten bemühen musste. Und im Laufe der Zeit wurde daraus eine kleine Kette, deren Hauptanteilseigner nun er war. Einen ordentlichen Finanzschub brachte seine Ehe mit einer nicht gerade mittellosen Frau. Natürlich ging die Ehe in die Brüche. Seine Frau war wie die meisten. Sie fuhr ab auf Romantik und Zärtlichkeit. Das war ja ganz schön für spießige Durchschnittsmenschen. Aber er brauchte nun mal den richtigen Kick. Und den konnte er bei seiner Frau absolut nicht kriegen. Eigentlich bei gar keiner. Welche Frau mochte es schon, gegen ihren Willen genommen zu werden? Er selbst wendete kaum mal Gewalt an. Aber er mochte es, zuzusehen. Im Grunde hatte das gar nichts mit Sex zu tun.

Seit einiger Zeit war es ihm ein besonderes Anliegen und Vergnügen, offene Rechnungen zu begleichen. Sein früherer Schuldirektor, der erst so tat, als ob er alles im Griff hatte und dann doch zur Keule griff. Und die altjüngferlichen Lehrerinnen, die sich aufgespielt hatten wie die Moralapostel. Seiner Mutter, die ihn nach dem Skandal vor dreißig Jahren geohrfeigt und Dinge an den Kopf geworfen hatte, um ihn zu erniedrigen, hatte er es schon vor Jahren heimgezahlt. Aber einige Rechnungen waren noch offen. Allen voran Rosemarie Ahrens. Was wird die für Augen machen, wenn sie ihre neue Stelle als Chefärztin antritt und kurz danach erfährt, wer ihr neuer Boss ist?

Heute war sein alter Kumpel Jürgen bei ihm. Jürgen Schmer, der seit seiner Heirat mit einer Amerikanerin Dickson hieß, hatte von Jugend an immer die Drecksarbeit für Peter gemacht. Er war das, was man eine gescheiterte Existenz nennt. Als er vor ein paar Jahren aus Amerika zurückkam, hatte Peter ihm einen Job in seinem Unternehmen gegeben. Er war der Beauftragte für besondere Fälle. Wann immer es darum ging, einen unliebsamen Mitarbeiter loszuwerden, einen Geschäftspartner einzuschüchtern oder einfach nur zu demonstrieren, dass jemand unter Beobachtung steht, war er zur Stelle. Außerdem war Jürgen der Einzige, der Peters skurriles Sexualverhalten verstand. Wann immer Peter Lust auf eine seiner Gewaltorgien hatte, war es Jürgen, der alles organisierte und mitmachte. Er war auch der Vollstrecker, als Peter endlich mit dem alten Schuldirektor und der Lehrerin Elinor Wagner abrechnen wollte. Jetzt fehlte nur noch Lilly Höschen. Dann wäre dieses Kapitel erledigt. Und dann konnte man sich auf Rosemarie Ahrens konzentrieren.

Jürgen wohnte in Rostock, um die beiden Kliniken, die Peter dort in der Umgebung betrieb, unter die Lupe zu nehmen. Aber wann immer es Sonderaufträge gab, ging er dahin, wo Peter ihn haben wollte. Seine Ehe war längst zerbrochen. Welche Frau hielt es mit so einem schon aus? Er war froh, unabhängig zu sein. Das einzige Manko war vielleicht, dass Peter ihn wie sein Eigentum behandelte. Aber auch damit konnte er leben. Er ließ sich schließlich gut dafür bezahlen.

»Das mit der alten Elinor hast du ja gut hingekriegt, Jürgen. Ich hätte was dafür gegeben, die alte Schnepfe in Dessous über die Straße tanzen zu sehen.«

»Ja, das war schon ein kleines Meisterstück. Jetzt muss ich mir nur noch was für Lilly Höschen einfallen lassen. Das wird aber nicht so einfach. Die Alte soll noch voll und ganz auf dem Damm sein. Ich habe mich mal umgehört. Offenbar ist sie noch derselbe Satansbraten wie früher. Aber ich krieg sie schon an die Hammelbeine, das alte Luder.«

»Davon bin ich überzeugt. Du wirst ja auch gut genug dafür bezahlt.«

Solche Bemerkungen versetzten Jürgen immer einen Stich. Peter musste bei jeder Gelegenheit betonen, wer das Geld und damit das Sagen hatte. So etwas wie Partnerschaft gab es für ihn nicht. Peter war immer der Boss. Scheiß drauf.

»Aber jetzt freu ich mich erst mal auf das dumme Gesicht von Rosemarie. Wenn sie nächste Woche ihre neue Stelle als Chefin der Plastischen Chirurgie antritt und ich dann aufkreuze und den Mitarbeitern verkünde, dass ich den Laden übernommen habe, dann wird sie sich wahrscheinlich in die Hose machen. Oder platzen.«

»Soll ich dich begleiten?«

»Auf keinen Fall. Wenn sie deine blöde Fratze sieht, weiß sie doch sofort, was los ist. Du kommst schon zum Zuge. Aber dann, wenn ich es will.«

So ein Arschloch, dachte Jürgen lächelnd, obwohl er seinem alten Kumpel gern eine reingehauen hätte.

- 12 -

Zur Beerdigung von Keiferlore kam fast das ganze Dorf. Und dies, obwohl sie mit vielen Einwohnen jahrelang kaum gesprochen hatte und mit einigen sogar verfeindet war. Aber so ist das nun mal auf dem Dorf. Auch Gisela und ihr Mann Klaus waren da. Freddy weinte bitterlich, und sein Bruder Fiete sah aus wie paralysiert. Beim anschließenden Beerdigungskaffee in einer Kneipe im Nachbardorf – Kleinbötelkamp selbst hatte ja keine - wurde es, wie so oft bei solchen Gelegenheiten, lustig. Jeder hatte eine Geschichte über ein Erlebnis mit Keiferlore parat. Dabei fielen Gisela besonders die beiden Frauen auf, die gegenüber von ihr wohnten. Sie hatte sie noch gar nicht persönlich kennengelernt. Das mussten wohl Mutter und Tochter sein. Die Mutter war so etwa Ende sechzig und hatte ihr Haar schwarz gefärbt. Sie hieß Josefine. Das Gesicht sah aus wie ein Tuschkasten. Ungeniert lamentierte sie, dass sie mit Keiferlore ja schon seit fünfundzwanzig Jahren kein Wort mehr gewechselt habe. Und ihre Tochter Lia meinte, dass man diesem alten Besen nur aus dem Weg gehen konnte und brachte ihre Verwunderung zum Ausdruck, dass so eine Ollsche so einen tollen Enkel wie Fiete hatte. Den Männern des Mutter-Tochter-Gespanns waren die Kommentare ihrer Ehefrauen sichtlich peinlich und sie versuchten, sie durch entsprechende Gesten zum Schweigen zu bringen. Die kriegten das aber gar nicht mit. Gisela hätte am liebsten laut gelacht, konnte sich aber beherrschen.

Als die beiden Brüder dann allein zu Hause waren, war ihnen doch ziemlich mulmig zumute.

»Was sollen wir denn jetzt machen, so ganz ohne

Oma?«, fragte Freddy.

»Das weiß ich auch noch nicht«, antwortete sein großer Bruder.

»Ich würde sagen, wir teilen uns die Hausarbeit erst mal. Und wenn wir nicht zurechtkommen, nehmen wir uns eine Putzfrau.«

»Du könntest natürlich auch heiraten. Ist ja jetzt genug Platz da. Dann sparen wir uns die Putzfrau.«

»Freddy, du bist so dumm, dass dich die Schweine beißen. Erstens wüsste ich nicht, wen ich heiraten soll. Und zweitens würde ich keine Frau heiraten nur wegen dem bisschen Putzkram.«

Am nächsten Morgen stellte Achim seiner Kollegin Gisela einen Kaffee auf den Tisch. Als sie daran roch, fing sie an zu würgen und rannte aus dem Zimmer. Achim und Willy schauten sich verwundert an, und als sie wieder hereinkam, sagte Willy:

»Gisela, ich weiß ja nicht, ob du was Schlechtes gegessen hast. Aber solltest du schwanger sein, musst du es mir sagen. Denn dann kann ich dich nicht mehr im Außendienst einsetzen.«

»Red nicht so einen Stuss. Wenn hier wer schwanger ist, dann Achim. Sieh dir doch mal seinen dicken Bauch an.«

»Ja, das sieht mir allerdings mehr nach einem Elefantenbaby aus.«

»Da kannst du Recht haben. Der Rüssel guckt schon raus.«

»Sagt mal, ihr habt sie wohl nicht alle«, gab Achim in gespielter Empörung von sich. »Ich bin so nett und bediene euch mit Kaffee, und euch fällt nichts besseres ein als mich zu mobben.«

»Ist gut, Achim. Zur Entschädigung darfst du jetzt mit Gisela die beiden Burschen vernehmen, die uns die Schutzpolizei letzte Nacht gebracht hat. Die haben auf einer Party große Mengen Marzipan verkauft.«

»Seit wann ist es verboten, Marzipan zu verkaufen?«

»Ist ja nicht verboten. Nur enthält dieses Marzipan Haschisch. Mindestens hundert Kilo.«

»Haschisch?«

»Marzipan. Und Rauschgiftdelikte ab einer gewissen Größenordnung landen nun mal bei uns. Ich will wissen, wo sie den Stoff her haben, wer das Marzipan produziert hat und ob noch jemand dahintersteckt. Sollte es sich um kleine Fische handeln, die geständig sind, werdet ihr die Sache ja wohl heute Vormittag erledigt haben.«

Die beiden waren schon fast zur Tür hinaus, da rief Willy noch:

»Gisela, das mit dem Kotzen war übrigens mein Ernst. Wenn du was ausbrütest, muss ich es wissen. Es geht bei uns nicht immer so harmlos zu wie heute. Und ich werde eine Schwangere keiner besonderen Gefahr aussetzen.«

»Ich habe dich durchaus verstanden. Ich komme zwar aus dem hinterwäldlerischen Harz, wo die Leute noch in Höhlen und auf Bäumen wohnen, bin aber durchaus nicht begriffsstutzig.«

Die beiden getrennt durchgeführten Verhöre dauerten jeweils eine halbe Stunde. Sie behaupteten gleichlautend, das Marzipan gemeinsam hergestellt zu haben. Das Haschisch hatten sie angeblich in Holland gekauft. Bei einer Hausdurchsuchung wurde die Zinkwanne gefunden, in der das Marzipan hergestellt worden war. Und im Kühlschrank befand sich noch ein gewisser Vorrat. Das war´s, dachte Gisela. Bericht schreiben, abhaken. Den Rest konnte der Staatsanwalt machen.

Auf dem Nachhauseweg hielt Gisela vor einer Apotheke und kaufte sich einen Schwangerschaftstest.

- 13 -

Für Rosemarie Ahrens war heute ein Traum Wirklichkeit geworden. Sie hatte ihre neue Stelle angetreten. Chefärztin der plastischen Chirurgie. Daneben gab es noch eine urologische Abteilung und die Abteilung Anästhesie mit einem angeschlossenen Zentrum für Schmerz- und Palliativmedizin. Die kleine, aber feine Klinik hatte einen guten Ruf bei der Behandlung von Unfallopfern. Aber es wurden auch zunehmend Schönheitsoperationen an gut zahlenden Privatpatienten durchgeführt. In der Urologie war man spezialisiert auf die Probleme älter werdender Männer, die gern tief in die Tasche griffen, um länger jung zu bleiben als von der Natur vorgesehen. Insgesamt hatte man einen großen Anteil luxuriös ausgestatteter Privatzimmer, die gut belegt waren und die kleine, aber feine Klinik schwarze Zahlen schreiben ließ. Der medizinische Direktor war Professor Mangeler, der Chef der Urologie. Als Verwaltungschef fungierte ein junger Betriebswirt, Hans-Horst Fuchs. Er war von der Eigentümer-Familie eingesetzt worden, diese Klinik, die einst vom Großvater der heutigen Anteilseigner gegründet wurde, wirtschaftlich und gewinnbringend zu führen. Wer eigentlich wieviele Anteile besaß, war unbekannt. Sicher war nur, dass alle Familienmitglieder Wert darauf legten, ordentlich zu kassieren. Durch die Verlagerung auf mehr Luxus und damit Privatpatienten, war die Rechnung bisher halbwegs aufgegangen. Aber natürlich musste auch immer wieder kräftig investiert werden. Um allerdings den ganz großen Wurf zu riskieren, die Klinik zu einem El Dorado für die Reichen und Schönen zu machen, würde man erheblich mehr Geld reinstecken müssen. Und dazu war die Mehrheit der Anteilseigner nicht bereit. Deshalb hatte Herr Fuchs den Auftrag bekommen, die

Institution zu verkaufen. Es gab mehrere gute Angebote. Den Zuschlag erhielt schließlich die Gruppe Sana-Humanitas, deren Hauptgesellschafter ein gewisser Peter Naujoks war. Er war es auch, der im Hintergrund dafür gesorgt hatte, wer die neue Chefarztstelle der plastischen Chirurgie bekam. Bis zur konkreten Übernahme in einer Woche sollte alles streng geheim bleiben. Außer Herrn Fuchs, den Eigentümern und den Rechtsanwälten wusste kein Mensch etwas davon.

Im Vorfeld hatte Naujoks bereits das Nachbargrundstück erworben und die darauf befindliche herrliche, alte Villa besonders luxuriös ausstatten lassen, um hier ganz besondere Patienten unterzubringen. Zwischen der alten Klinik und der Luxusvilla hatte Naujoks auf dem weitläufigen, parkähnlichen Grundstück einen Neubau erschaffen lassen, der zwar wie ein architektonischer Fremdkörper wirkte, andererseits aber Fortschritt ausstrahlte. Hier befand sich das Therapiezentrum mit modernster Ausstattung. Die hier behandelten Patienten konnten unterirdisch in die beiden Häuser, in denen die Zimmer lagen, zurückgehen oder nach einer Operation gefahren werden. Der obere Teil des neuen Gebäudes war transparent. Eine Glaskuppel, die einen großen Wintergarten beherbergte, wo man in Ruhe sitzen und sich bewirten lassen konnte. Das hatte nichts mit Krankenhaus zu tun, sondern mutete eher an wie ein Fünf-Sterne-Hotel. Die Mitarbeiter hatten das letzte halbe Jahr gerätselt, was dort wohl gebaut wurde. Aber Herr Fuchs und Professor Mangeler hatten dicht gehalten. Erst kurz vor Vollendung des grandiosen Bauwerks wurden alle eingeweiht, damit es dann auch mit der Organisation klappte. Außerdem mussten neue Mitarbeiter eingestellt werden, um die Kapazität der erweiterten Klinik zu bewältigen.

Eingeführt wurde Dr. Rosemarie Ahrens von Herrn Fuchs, der genauso aussah wie er hieß. Wenn er morgens versuchte, seinen roten Haarschopf mit Gel zu bändigen, standen ihm mittags die Haarbüschel in alle Richtungen. Klein und schlank bewegte er sich fast schleichend durch die Gänge. Er hatte die beiden anderen Chefärzte und die Oberärzte ins Konferenzzimmer bestellt und pries seine Neuerwerbung an als plastische Chirurgin, die auf dem neuesten Stand der Wissenschaft sei und der Klinik neue Impulse geben würde.

»Nur nicht so viele Vorschusslorbeeren, Herr Fuchs. Auch ich koche nur mit Wasser. Ich bitte alle Kollegen um eine gute Zusammenarbeit. Wenn ich eines in der Medizin gelernt habe, dann, dass man im Team Dinge schaffen kann, die dem Einzelkämpfer versagt bleiben. Ich freue mich, Teil dieses Teams sein zu dürfen und bedanke mich herzlich für den freundlichen Empfang. Auf gute Zusammenarbeit!«

Im Anschluss bat der medizinische Direktor sie noch in sein Büro. Professor Mangeler war ein großer Glatzkopf von Anfang sechzig, gutmütig dreinschauend und mit einer Nase ausgestattet, die sicherlich eine plastische Operation gerechtfertigt hätte. Einige ganz böse Zungen nannten ihn hinter seinem Rücken schon mal Penisnase. So gutmütig wie er aussah, war er tatsächlich. Seine Patienten gewannen schnell Vertrauen zu ihm. Seine Mitarbeiter und das Pflegepersonal behandelte er mit Höflichkeit und Hochachtung. Wenn es etwas zu beanstanden gab, tat er dies auf die väterliche Art, ohne jemals jemanden zu verletzen. Ihm war allerdings klar, dass seine Zeit in dieser Klinik sich dem Ende entgegen neigte. Obwohl alles, was es an Übernahmevorbereitungen gab, streng geheim war, hätte er als medizinischer Direktor schon arglos sein müssen, um nicht zwei und zwei zusammenzuzählen.

»Tja, Frau Kollegin, ich hoffe, dass alles so wird, wie Sie es sich vorgestellt haben.«

Professor Mangeler, der lange, dünne, glatzköpfige medizinische Direktor, saß hinter seinem Schreibtisch und lächelte Rosemarie freundlich an.

»Alles, was ich will, ist, einen gewissen Freiraum zu haben, um zusammen mit meinen Kollegen gute Arbeit zu machen. Ich weiß, was ich kann. Der Unterschied zu meiner bisherigen Tätigkeit ist nur, dass ich hier für den ganzen Bereich auch voll verantwortlich bin.«

»Ich bezweifle nicht Ihre Kompetenz und Ihr Können. Sie haben einen guten Ruf. Die Frage ist nur, in welche Richtung diese Klinik gelenkt werden soll. Es geht ja nicht nur um Medizin, sondern vor allem um Geld. Der grandiose Neubau, der Umbau der alten Villa, die Neuausstattung – das alles muss auch bezahlt werden. Und ich kann mir nicht vorstellen, dass das möglich ist, wenn wir hier so weitermachen wie bisher. Die Eigentümer sind raffgierig. Ihre Investition muss sich lohnen. Ich denke, wir werden hier noch die eine oder andere Überraschung erleben. Es würde mich nicht wundern, wenn wir an einen dieser Klinikkonzerne verschachert werden. Hat Ihnen Herr Fuchs diesbezüglich schon irgendwas Konkretes gesagt?«

»Natürlich hat er angedeutet, dass mit der Inbetriebnahme des Neubaus einiges verändert wird. Er hat auch von weiterem Personal und mehr Privatpatienten gesprochen. Allerdings bin ich etwas verwundert, dass Sie als medizinischer Direktor offenbar nicht in alles eingeweiht sind.«

»Ich will Sie nicht beunruhigen. Aber Sie werden sich im Laufe der Zeit wahrscheinlich noch des Öfteren wundern. Aber heute ist sicherlich nicht der richtige Tag für solche Überlegungen. Starten Sie erst mal durch und nehmen Sie Ihre Abteilung in Beschlag. Wenn ich Ihnen irgendwie helfen kann, rücken Sie mir einfach auf den Pelz. Und nächste Woche feiern wir dann die Einweihung des neuen Gebäudes. Sie kommen also gerade richtig.«

- 14 -

Jürgen Dickson alias Schmer hatte einen anstrengenden Abend hinter sich. Sein Freund Peter Naujoks hatte ihn zu einer seiner speziellen Sexparties beordert. Das Opfer war eine hoffnungsvolle Malerin von Anfang dreißig, die unter ihrem Künstlernamen Lila Roth große Leinwände mit winzigen Kringelchen bemalte. Bei genauem Hinschauen bildeten diese Kringelchen dann ein Gesamtbild reichlich obszönen Inhalts. Sie hatte schon in einer Fabrikhalle in Brooklyn, New York, ausgestellt, darüber hinaus am Strand in der brasilianischen Provinz, wo die Aktion allerdings nach wenigen Stunden wegen eines Unwetters abgebrochen werden musste. Nicht viel länger dauerte eine Ausstellung in einem Nest in Florida, wo aufgebrachte, bibeltreue Christen die Polizei alarmierten, die die Ausstellung aus Jungendschutzgründen umgehend schloss. Verdient hatte sie mit ihrer Kunst bisher nichts. Aber der ihr vorauseilende Ruhm, für die Freiheit der Kunst zu kämpfen und zu leiden, brachte Peter Naujoks dazu, sich für die Dame zu interessieren. Er bot ihr an, zur Eröffnung seiner neuen Klinik, zu der viele kunstbeflissene, reiche Leute kommen würden, eine Ausstellung im Wintergarten zu veranstalten. Als Gegenleistung sollte die Dame an einer unkonventionellen Sexparty teilnehmen. Aufgeschlossen, wie sie war, sagte sie sofort zu. Hätte sie geahnt, was auf dieser Party abgehen würde, wäre sie wohl lieber zurück nach Brasilien geflogen, um ihre Werke den staunenden Bewohnern des Regenwaldes zu präsentieren. Ihr Bedarf an Männern war auf Jahre gedeckt. Aber nun war die Sache überstanden, und sie freute sich auf die Ausstellung in Lübeck. Was tat man nicht alles für die Kunst?

Lila Roth hatte das Haus von Peter Naujoks bereits vor

dem Frühstück verlassen, um nicht Gefahr zu laufen, noch einmal in die Fänge dieser Bestien zu geraten. Jürgen und Peter saßen an der Küchentheke und plauderten bei Kaffee und Croissants über die vergangene Nacht.

»Diese dämliche Kuh. Die dachte wohl, wir machen ein bisschen Blümchensex, und damit ist die Sache gegessen«, sagte Peter grinsend zu seinem Freund.

»Hast du das Gesicht gesehen, als sie gemerkt hat, was ihr blühte? Also, ich denke, diese Ausstellung ist ihr Geld wert.«

»Vielleicht schlägt sich ja das Erlebnis in ihrer Kunst nieder, und sie malt in Zukunft nur noch Nonnen«, antwortete Jürgen schmunzelnd.

Völlig abrupt wechselte Peter nun das Thema:

»Ich denke, es wird Zeit, dass du endlich unser nächstes Projekt angehst. Was ist nun mit Lilly Hös-chen? Hast du dir endlich was einfallen lassen?«

Er sagte natürlich nicht Höschen, sondern ganz bewusst Hös-chen. Das hatte er immer getan, weil er wusste, dass es seine alte Lehrerin auf die Palme brachte.

»Ich bin dran. Ich denke, in ein paar Tagen geht es über die Bühne.

»Du solltest meine Geduld nicht überstrapazieren. In ein paar Tagen soll bereits das Projekt Rosemarie laufen.«

Es versetzte Jürgen einen Stich, wie sein *Freund* von einem Moment auf den anderen vom Kumpel zum Chef wurde, der ihn behandelte wie den letzten Arsch. Er war dafür zuständig, jede Drecksarbeit für ihn zu machen, ihm seine sexuellen Fantasien zu erfüllen, Tag und Nacht zur Verfügung zu stehen. Und dann kehrte er unversehens wieder den großen Boss heraus. Eines Tages hau ich dir so auf die Schnauze, dass du dich nicht mehr erholst, dachte er.

- 15 -

In diesen Tagen gab es in der Klinik kaum Patienten, weil alles umorganisiert werden musste. Der Umzug des Behandlungszentrums in den Neubau, die bevorstehende Eröffnungsveranstaltung, all das erforderte viel Zeit und Nerven von den Mitarbeitern. Einen Tag vor der Eröffnung des Neubaus und der restaurierten Luxusvilla bat Verwaltungsleiter Fuchs die Führungskräfte zu sich, den medizinischen Direktor Professor Mangeler, den Chef der Anästhesie und Palliativmedizin Dr. Kornhuber und die neue Leiterin der plastischen Chirurgie, Dr. Rosemarie Ahrens. Am Konferenztisch saßen bereits zwei Herren, die niemand kannte. Herr Fuchs ergriff das Wort:

»Meine Herrschaften, morgen ist der große Tag, auf den wir alle seit geraumer Zeit hinfiebern. Das grandiose neue Gebäude mit dem Therapiezentrum, dem wunderschönen Wintergarten, dazu die Villa für luxusverwöhnte Patienten. Das alles ist so unglaublich geworden, dass wir zweifellos behaupten können: eine so wunderbare kleine Privatklinik sucht in Europa ihresgleichen. Auf der anderen Seite ist das alles auch derart ins Geld gegangen, dass wir unseren Umsatz um mindestens dreihundert Prozent steigern müssen. Die bisherige Eigentümerfamilie hätte diese Investition nicht bewerkstelligen können. Aus diesem Grunde hat sie sich entschlossen, die Klinik in kompetentere Hände zu geben. Unser Name bleibt zwar erhalten, aber der neue Eigentümer ist die bekannte Sana-Humanitas-Gruppe. Ich habe das Vergnügen, Ihnen den Chef des Unternehmens, Herrn Dr. Peter Naujoks, vorzustellen.

Es war totenstill in dem Raum. Peter Naujoks setzte sein schönstes Lächeln auf, und Rosemarie Ahrens starrte ihn an, als säße ein Geist vor ihr. Sie hatte das Bedürfnis, zu fliehen. Nach ein paar Sekunden gewann jedoch ein anderes Gefühl die Oberhand: Rache. Durch ihre jahrelange Beschäftigung mit dem Problem ihres Lebens, durch schmerzhafte Sitzungen bei Psychotherapeuten, dem Aufbau von Selbstvertrauen durch ihren Erfolg im Beruf, konnte ihr niemand mehr etwas anhaben, schon gar nicht dieser Kerl. Sie war jetzt stark. Und sie war im Recht. Du kannst mir gar nichts, dachte sie. Aber ich kann dir so einiges. Ein falsches Wort, und ich schneide dir die Eier ab.

Peter Naujoks ergriff nun das Wort. Mit seiner angenehmen, dunklen Stimme sagte er:

»Meine Herrschaften, ich kann mir lebhaft vorstellen, wie Ihnen zumute ist. Aus heiterem Himmel eine solche Nachricht! Aber ich kann Sie auch beruhigen. Mit der Übernahme eröffnet sich Ihnen die Chance Ihres Lebens. Wir werden in dieser Klinik so erfolgreich sein, wie Sie es sich in Ihren kühnsten Träumen nicht ersinnen können. Und Sie werden von diesem Erfolg profitieren.« Blablabla.

Rosemarie hörte gar nicht, was er sagte. Sie setze ihr charmantestes Lächeln auf, das neben ihrer fachlichen Qualifikation sicherlich erheblich zu ihrem bisherigen beruflichen Erfolg beigetragen hatte.

Dann stellte Naujoks den anderen Besucher vor:

»Natürlich werden wir uns personell vergrößern müssen. Ich darf Ihnen Herrn Dr. John Bratt vorstellen, der sich in Sachen Schönheitschirurgie in Boston einen Namen gemacht hat. John wird zunächst jeweils ein bis zwei Wochen pro Monat für uns arbeiten. Ich wiege mich in der Hoffnung, dass wir ihn in absehbarer Zeit ganz für uns gewinnen können. Weitere Personalentscheidungen fallen in Kürze.«

Professor Mangeler schaute ziemlich bedröppelt aus der Wäsche. Seine Nase schien länger denn je. Ihm war klar, dass seine Zeit als medizinischer Direktor bald beendet sein würde.

Dann nahm Naujoks sich die drei Chefärzte in Einzelgesprächen vor. Hierzu stellte Herr Fuchs sein Büro zur Verfügung.

Mangeler sagte er frei heraus:

»Wenn ich mir ansehe, was Ihre Abteilung für einen Umsatz macht und was sie für einen Umsatz machen könnte, dann kommen mir die Tränen. Es gibt unzählige Männer, die Unsummen zahlen, wenn sie wieder richtig können. Ob Operation oder Hormone, das ist völlig egal. Oft reicht schon die Illusion von Jugend, dass sie sich besser fühlen. Statt Prostataoperationen für Kassenpatienten sollten Sie sich in Zukunft lieber mit dem Thema Nummer Eins beschäftigen. Ich werde Ihnen in Kürze auch Verstärkung schicken. Einen jungen Arzt, der hier schon auf entsprechende Erfolge zurückblicken kann.«

Professor Mangeler blickte seinen neuen Chef gelassen an und fragte:

»Sind Sie Mediziner?«, wohlwissend, dass er kein Mediziner war.

Für Peter Naujoks war das ein Affront.

»Sie wissen genau, dass ich kein Mediziner bin, sondern Unternehmer. Ein Arzt hätte niemals das aufbauen können, was ich geschafft habe. Und ich lasse mir auch von keinem edlen Helfer der Menschheit mein Werk kaputt machen. Es geht hier um meine Investition. Leute wie Sie gefallen sich darin, Gutmenschen zu sein und halten dann die Hand auf. Wer hier in Zukunft behandelt werden will, muss dafür tief in die Tasche greifen. Der Patient ist König, oder besser gesagt: der Kunde. Wer mit achtzig junge Damen flach legen will, den versetzen wir dazu in die Lage. Wer einen längeren Schwanz will, der kriegt ihn bei uns.

Wer eine neue Nase möchte, der kriegt eine neue Nase. Apropos Nase…«, jetzt fing er an zu grinsen, »vielleicht sollten Sie mal mit Frau Dr. Ahrens reden. Es wäre doch gelacht, wenn sie Ihnen nicht behilflich sein könnte. In einer Klinik, wo es um Schönheit und Wohlbefinden geht, sollten gerade die Ärzte…«

»Ich habe nicht vor, mit Ihnen über meine Nase zu reden«, fiel Mangeler ihm ins Wort. Ihm war klar, dass seine Tage in diesem Haus gezählt waren.

Dann wurde Rosemarie zu einem Vier-Augen-Gespräch bestellt. Peter Naujoks erhob sich und lächelte sie an. Er hatte Rosemarie schon auf aktuellen Bildern gesehen. Aber er musste feststellen, dass diese Bilder ihre derzeitige Schönheit und Ausstrahlung nicht wiedergeben konnten. Auch ihr Selbstbewusstsein war so stark, dass er nicht recht wusste, wie er ansetzen sollte. Er hatte sich das Treffen völlig anders vorgestellt. Er musste sich erst einen Ruck geben, um seine Fassung wiederzufinden und sagte leise:

»Rosemarie, wie schön, dich bei strahlender Gesundheit zu sehen…« und ärgerte sich sofort über diese blöde Floskel.

»Tja, Peter, man sieht sich immer zweimal im Leben. Ich kann nur hoffen, dass du dich von dem Arschloch, das du mal warst, weiterentwickelt hast. Ich meine, nicht etwa zu einem Oberarschloch, sondern zu einem anständigen Menschen.«

»Darauf kannst du dich verlassen«, hörte er sich sagen und ärgerte sich schon wieder, dass ihm keine bessere Antwort eingefallen war.

»Wir sind jetzt beide erwachsen und sollten das, was früher geschehen ist, abhaken und von vorne anfangen.«

»Ich habe nicht vor, über das zu reden, was vor dreißig Jahren passiert ist und mich fast umgebracht hat.

Lange Zeit hatte ich den Wunsch, es dir mit gleicher Münze heimzuzahlen. Aber dann habe ich es doch vorgezogen, einen Schlussstrich zu ziehen und zu leben.«

»Rosemarie, es tut mir leid, was damals war«, sagte er und dachte doch etwas ganz anderes. Scheiße, warum rede ich diesen Schwachsinn. Nichts tut mir Leid. Aber es wird dir noch Leid tun. Warte nur ab. Meine Stunde kommt noch. Du wirst dir noch wünschen, mir nicht begegnet zu sein.

Sie sprachen dann sehr sachlich über die Klinik und das Geschäftliche. Rosemarie war klar, dass Peter sie als Aushängeschild gut gebrauchen konnte. Eine Ärztin von Ende vierzig, die so aussieht und eine solche Ausstrahlung hat, das war einfach gut fürs Geschäft.

Am Abend rief Rosemarie bei Kommissarin Gisela Weniger an und informierte sie über das, was heute passiert war, und Gisela fragte sie:

»Halten Sie es für einen Zufall, dass Sie gerade von der Klinik ein tolles Stellenangebot bekommen haben, die dann von Peter Naujoks übernommen wird?«

»Als Wissenschaftlerin habe ich es nicht so mit dem Zufall. Aber wie auch immer. Ich lade Sie ein, morgen zur Eröffnung zu kommen. Es gibt eine Kunstausstellung im neuen Wintergarten. Dazu ein tolles Büffet und sicherlich auch noch warme Worte von Herrn Naujoks.«

»Das werde ich mir nicht entgehen lassen. Ich komme.«

- 16 -

Am nächsten Morgen stand Gisela früh auf, um endlich ihren Schwangerschaftstest zu machen. Beim Frühstück war sie nicht in der Lage, ihrem Mann etwas zu sagen. Sie musste sich erst mal selbst darüber klar werden, was das Ergebnis für sie bedeutete: Positiv! Natürlich wurde es mit fünfunddreißig langsam Zeit, wenn man Kinder haben wollte. Auf der einen Seite war ihr zum Jubeln zumute, und auf der anderen Seite konnte sie sich nicht vorstellen, was es eigentlich mit sich bringen würde, Mutter zu sein. Mein Gott, dachte sie, dann kann ich ja mindestens ein Jahr lang gar nicht mehr arbeiten. Und wenn ich dann irgendwann wieder arbeiten gehe, was wird dann mit dem Kind? Schließlich fuhr sie ins Büro. Wenn nicht irgendetwas Weltbewegendes passieren würde, dann lag ein langweiliger Tag vor ihr. Also hatte sie Zeit zum Nachdenken. Am späten Vormittag rief sie ihren Mann an:

»Hast du Lust, mit mir Essen zu gehen?«

»Wann?«

»In einer Stunde.«

»Wo?«

»In der Schiffahrtsgesellschaft.«

»Hier in Lübeck?«

»Nein, in Garmisch-Partenkirchen. Mein Gott, müssen Männer eigentlich immer so stumpfsinnig sein? Oder kennst du irgendwo anders noch ein Restaurant, dass Schiffahrtsgesellschaft heißt?«

»Reg dich doch nicht so auf, Schatz. Ich bin in einer Stunde da. Gibt es einen besonderen Anlass?«

»Muss es einen besonderen Anlass geben, wenn man seinen Mann mal zum Essen einlädt?«

Als Klaus das Lokal betrat, winkte seine Frau ihm bereits vom Kapitänstisch zu. Mein Gott, dachte er, für ein kleines Mittagessen zu zweit hat sie doch tatsächlich den Kapitänstisch organisiert. Nachdem er ihr einen Kuss auf die Wange gegeben und sich ihr gegenüber hingesetzt hatte, legte sie gleich los:

»Also, ich will gar nicht erst um den heißen Brei herumreden. Du wirst Vater. Und damit eins von vornherein klar ist: Du wirst dich um das Kind genauso kümmern wie ich. Ich denke nicht daran, den Rest meines Lebens als Hausmütterchen zu verbringen. Nachdem das geklärt ist, darfst du mich küssen.«

Klaus wusste gar nicht, wie ihm geschah. Er hatte aus dem Redeschwall seiner Frau nur zur Kenntnis genommen, dass er Vater wurde. Alles andere rauschte an ihm vorbei. Er stand auf, umarmte sie und hätte am liebsten herausgebrüllt, dass hier ein künftiger Vater stand. Stattdessen bestellte er für sich und die werdende Mutter grüne Heringe.

Die Eröffnung im Wintergarten übertraf alle Erwartungen. Der Glaspalast war edel gestaltet. Zwischen den exotischen Pflanzen und dem Wasserfall gab es kleine Sitzgruppen aus pastellfarbenem Leder und Esstische für zwei, vier und acht Personen. Jeder Platz war durch Pflanzen so separiert, dass man sich fühlen konnte, als sei man allein. Von der Glaskuppel hingen an langen Leinen die Gemälde der Künstlerin Lila Roth. Gisela und ihr Mann Klaus trafen sich mit Rosemarie Ahrens auf dem Parkplatz und betraten das Gebäude dann gemeinsam. Es gab eine große Schar illustrer Gäste. Peter Naujoks hielt eine Rede. Ein Heer von Servicemitarbeitern reichte edle Speisen und noch edlere Getränke. Die Künstlerin war in einen lilafarbenen Seidenkaftan gekleidet und hatte sich ein langes rotes Seidentuch in das schwarz gefärbte Haar gebunden. Sie sah aus wie eine in einen Farbtopf gefallene Schleiereule. Gisela konnte sich ein Lachen nicht verkneifen und zwinkerte Rosemarie Ahrens zu, die zurücklachte. Dann kam eine Dame von Anfang fünfzig auf Rosemarie zu:

»Sind Sie die neue Ärztin für plastische Chirurgie?«

»Ja. Ich heiße Rosemarie Ahrens.«

»Freut mich, Sie kennen zu lernen. Ich bin Beate Stein. Ich bin eine der Gesellschafterinnen. Wenn Sie so wollen: mir gehört ein Stückchen von diesem Laden hier. Ich bin die Verflossene von Peter Naujoks.«

»Oh. Sie waren mit ihm verheiratet?«

»Ganz recht. Ich wollte Ihnen nur sagen, Sie sehen fantastisch aus. Eine bessere Werbung als Sie könnte man sich für eine auf Schönheit spezialisierte Klinik gar nicht wünschen.«

»Danke. Aber in erster Linie geht es mir darum, Menschen zu helfen. Dabei mag die Schönheit eine gewisse Rolle spielen, aber...«

»Und wenn wir schon dabei sind: Nehmen Sie sich vor meinem verflossenen Mann in Acht. Er sprüht nur so vor Charme. Aber, ach lassen wir das. Ich will noch eben die grandiose Künstlerin begrüßen.«

Dann bahnte sie sich ihren Weg bis zu einem großen Bild, das aussah wie ein Haufen Kotze, umgeben von Kringeln, die, wenn man genau hinsah, allerlei koitale Aktivitäten darstellten. Davor stand Lila Roth in ihrem Schleiergewand. Sie begrüßte die Künstlerin überfreundlich und sagte in voller Lautstärke:

»Ich bewundere Sie, wie Sie es schaffen, all diese kleinen Kringelchen zu malen und dann auch noch die Zeit zu finden, meinen verflossenen Ehemann zu befriedigen. Vergewaltigt er Sie eigentlich selbst, oder schaut er nur dabei zu?«

Gisela und Rosemarie schauten sich an wie zwei Menschen, die ein Geheimnis miteinander teilen, wissend, aber dennoch entsetzt, während Klaus die Stirn runzelte und fragte:

»Was ist das denn jetzt?«

Jürgen Dickson, der Zeuge dieses Affronts war, eilte zu Peter Naujoks. Beide tuschelten miteinander und schauten zu den beiden Frauen vor dem großen Gemälde. Gisela, die Naujoks genau beobachtete, fragte Rosemarie Ahrens:

»Wer ist dieser Mann, der gerade zu Naujoks gerannt ist, um ihm Bericht zu erstatten?«

»Ich weiß es nicht. Aber irgendwie kommt er mir bekannt vor.«

- 17 -

Der Harz zeigte sich in diesem Sommer von seiner schönsten Seite. Blauer Himmel, nur ab und zu mal ein Wärmegewitter. Die dreiundachtzigjährige Lilly Höschen saß die meiste Zeit in ihrem Garten, der sich hinter ihrem Haus steil am Berg hinaufschlängelte. Je älter sie wurde, desto weniger konnte sie sich an den gegenüber liegenden, bewaldeten Bergen satt sehen. Viele Einwohner des Zweitausend-Seelen-Städtchens Lautenthal waren verreist. Dafür gab es einige Touristen und Wochenend-Sommerfrischler, die entweder an der Talsperre waren, um sich abzukühlen oder im Hochwald wanderten. Es herrschte absolute Ruhe weit und breit. Für Lilly allerdings zu ruhig. Ihr Großneffe Amadeus wohnte in Goslar, war beruflich sehr beschäftigt und kam mit seiner Frau Marie höchstens am Wochenende mal vorbei. Mit ihrem alten Freund Eddy war im Moment nicht viel anzufangen. Sein Bewegungsradius war aufgrund seiner Gicht arg eingeschränkt. Er schaffte es kaum, die Treppen in ihrem Garten zu überwinden. Und seitdem Gisela mit Klaus nach Schleswig-Holstein gezogen war, war es noch ruhiger geworden. Verreisen wäre eine feine Sache. Aber allein? Dann kam ihr eine Idee. Sie lächelte, ging ins Haus und nahm das Telefon.

»Und du bist ganz sicher, Gisela, dass ich bei Euch wohnen soll? Ich bin ja nicht arm und leiste mir gern ein Hotel. Außerdem gehe ich den Menschen in meiner Umgebung ganz furchtbar auf die Nerven. Und ich kann nichts dagegen tun. So bin ich nun mal.«

»Lilly, du bist aber meine absolute Lieblingsnervensäge; du fehlst mir. Außerdem sind Klaus und ich tagsüber bei der Arbeit. Und dann freuen wir uns, wenn wir abends mit dir zusammen sind. Keine Diskussion, du wohnst bei uns.«

»Ihr werdet schon sehen, was ihr davon habt. Gut, ich packe jetzt und setze mich morgen früh ins Auto.«

Peter Naujoks saß am Tag nach der Eröffnung der Klinik mit seinem Handlanger Jürgen in seinem weitläufigen Wohnzimmer und machte Bilanz, was der gestrige Abend gebracht hatte.

»Ich denke, den Ausbruch deiner Ex-Gattin hat kaum jemand mitbekommen.«

»Wenn ich dieses alte Miststück doch bloß loskriegen könnte. Solange sie noch Anteile am Unternehmen hat, kreuzt sie immer wieder mal auf und stellt mich bloß. Und ich kann nichts dagegen tun. Ich denke, wir müssen uns etwas einfallen lassen. Aber nicht alles auf einmal. Wann gedenkst du nun endlich, die Sache mit Lilly Hös-chen über die Bühne zu bringen?«

»Diese Woche noch. Allerdings dürfte es nicht leicht werden. Das alte Biest ist noch sehr gut beieinander. Mir wird wohl nichts anderes übrig bleiben, als sie mit vorgehaltener Waffe zu zwingen, sich die feinen Sachen reinzuziehen.«

»Es ist mir scheißegal, wie du es machst, aber mach es! Ich kann mich nicht ewig mit solchen Lappalien aufhalten. Ich möchte mich allmählich auf Rosemarie konzentrieren. Ich brauche mal wieder richtig Spaß. Am liebsten würde ich ein Dutzend Penner aus der Gosse engagieren, die sich ihrer annehmen.«

Jürgen setzte ein gekünsteltes Grinsen auf. In Wahrheit hing ihm das alles zum Hals heraus. Aber sein Chef hatte sich derart verbissen in seine Rachegelüste, dass es unmöglich war, ihn davon abzubringen. Er würde es wieder tun müssen. Auch wenn das Risiko immer größer wurde.

Gisela hatte die Telefonnummer von Beate Stein, der geschiedenen Ehefrau von Peter Naujoks herausgesucht. Sie wohnte in Hamburg. Wenn jemand über den Kerl Bescheid wusste, dann sie. In ihrem Büro gab man ihr ihre Handynummer, da Frau Stein noch in Lübeck weilte. Das trifft sich ja gut, dachte Gisela. Sie verabredete sich mit ihr zum Mittagessen in Travemünde. Ihrem Vorgesetzten Willy erzählte sie kurz etwas von einem informellen Gespräch. Er wollte natürlich mehr wissen, sagte aber dann:

»Na gut, dann mach mal deine Privatermittlungen. Bei uns ist es im Moment ohnehin verdächtig ruhig. Aber wenn die Sache von einer gewissen Relevanz ist, dann wirst du mir genauestens Bericht erstatten. Ist das klar, mein Harzer Roller?«

Gisela traf Beate Stein auf der Strandpromenade. Sie setzten sich in den Außenbereich eines Restaurants der feineren Art und bestellten. Beate Stein war eine gut aussehende Frau. Klein, schlank, braunes Haar. Teuer gekleidet. Was sie allein für ihr T-Shirt ausgegeben haben mochte, investierte Gisela wohl im ganzen Jahr nicht für ihre Garderobe. Beate Stein hatte das Gesicht einer Zynikerin. Das war Gisela schon gestern Abend aufgefallen. Durch ihre Mimik sagte sie genauso viel wie mit ihrer Stimme.

»Ja, ich war mit dem feinen Peter Naujoks verheiratet. Und es freut mich, zu hören, dass sich jetzt die Polizei für ihn interessiert.«

»Bisher allerdings nur inoffiziell. Was mich nebenbei interessiert: Wer war der Mann, mit dem er gestern Abend die ganze Zeit getuschelt hat und dem er ständig irgendwelche Anweisungen geben hat?«

»Äh, ach Sie meinen den großen, schlanken Kerl, der ständig versucht, ihm die Stiefel zu lecken? Das war Jürgen

Dickson, sein Sklave, Wasserträger, Arschkriecher, wie immer sie so einen auch nennen mögen. Für alles, wozu Peter sich selbst zu fein ist, wird Jürgen eingesetzt.«

»Kann es sein, dass er seinen Namen geändert hat? Hieß er mal Schmer?«

»Das entzieht sich meiner Kenntnis. Er hat mal in Amerika gelebt. Vielleicht hat er da einen anderen Namen angenommen.«

Was Beate Stein über Peter Naujoks erzählte, passte exakt zu dem Bild, das Rosemarie Ahrens von ihm gezeichnet hatte. Offenbar hatte er sich in den letzten dreißig Jahren nicht verändert. Seine sexuellen Vorlieben schienen sich im Laufe der Zeit manifestiert zu haben. Beate Stein beschrieb ihn als Mann, der sich an Gewalt ergötzte. Rücksichtslosigkeit und die Freude am Demütigen, Rachsucht – die ganze Palette, das waren seine hervorstechenden Wesenszüge.

»Und obendrein hat er mich auch noch beschissen. Die Scheidung war ziemlich teuer für mich. Deshalb gönne ich mir das Vergnügen, gelegentlich mal auf Gesellschafterversammlungen oder Protzveranstaltungen wie gestern aufzutauchen und ihn ins rechte Licht zu rücken. Ich kann mir eine gewisse Schadenfreude nicht verkneifen. Wenn ich Ihnen also weiterhin behilflich sein kann, lassen Sie es mich wissen.«

Wieder im Büro, rief sie Rosemarie Ahrens an, um ihr zu sagen, dass der Mann, der sich gestern Abend als Zuträger von Peter Naujoks gezeigt hatte, ein gewisser Jürgen Dickson war.

»Ich wusste es. Das ist er. Dann hat er seinen Namen geändert. Das ist Jürgen Schmer. Verdammt! Also arbeitet dieser Schleimbeutel immer noch für ihn, wie zu

Schulzeiten.«

Als Gisela am späten Nachmittag nach Hause kam, saß Lilly in ihrem Garten, zusammen mit Klaus, der sich früher freigemacht hatte, um sich um die alte Freundin zu kümmern.

- 18 -

Jürgen Dickson parkte seinen Wagen direkt vor Lillys Haus am Berg. Er betrat den Vorgarten und betätigte die Türklingel. Nach einer Weile öffnete eine attraktive junge Frau.

»Was kann ich für Sie tun?«

»Ich wollte eigentlich zu Fräulein Höschen.«

»Die ist verreist. Kann ich Ihnen vielleicht weiterhelfen? Ist es etwas Wichtiges? Kann ich etwas ausrichten?«

»Oh, das ist nicht nötig. Ich war nur gerade in der Gegend und ..., äh, vielleicht hat sie ja eine Handynummer?«

Marie, die Frau von Lillys Großneffe Amadeus, hatte versprochen, während ihrer Abwesenheit nach dem Rechten zu sehen, die Blumen zu gießen und so weiter. Jetzt wusste sie nicht recht, was sie tun sollte. Der Mann sah ja durchaus vertrauenswürdig aus. Ihm Lillys Handynummer zu geben, wäre sicherlich nicht tragisch.

»Wenn Sie mir sagen, wer Sie sind, gebe ich Ihnen ihre Nummer. Ich weiß nicht, wann sie zurückkommt. Zur Zeit ist sie nämlich in Schleswig-Holstein.«

»Oh, das ist schade. Ich komme nämlich aus Süddeutschland und bin gerade mal wieder hier. Mein Name ist Biermann. Ich bin ein Sohn eines alten Kollegen von Fräulein Höschen«, log er.

Wieder in Lübeck, erzählte Jürgen seinem Boss Peter Naujoks von der Sache.

»Da kann man mal sehen, wie bescheuert du bist. Fährst extra in den Harz, um dann festzustellen, dass sie hier vor deiner Nase Urlaub macht. Hättest du nicht anrufen können, um festzustellen, ob sie da ist? Es gibt Telefone. Das sind diese kleinen Dinger, in die man reinspricht.

Ich bezahle dich für deine Zeit und du verplemperst sie, indem du in der Weltgeschichte rumfährst und nichts ausrichtest. Soll ich dir vielleicht noch zeigen, wie man sich die Hose zumacht?«

»Du bist so ein arrogantes Arschloch, Peter!«

Das hatte er noch nie zu ihm gesagt. Und Peter Naujoks schien geradezu geschockt. Er stand ganz langsam auf, stellte sich vor Jürgen, der von seinem Sessel aus hochschaute, und gab ihm eine schallende Ohrfeige. Jürgen stand kurz davor, aufzuspringen und zurückzuschlagen. Aber er war wie gelähmt.

»So viel zum Thema Arschloch. Und jetzt verpiss dich und bring die Sache zu Ende. Ich kann dich auch feuern, dir den schicken Firmenwagen und das Haus in Rostock nehmen. Dann sitzt du wieder auf der Straße. Glaubst du im Ernst, dass dir noch mal irgend jemand einen Job gibt? Du bist ein verdammter Versager. Geh mir aus den Augen!«

»Ich hatte heute zwei komische Anrufe«, sagte Lilly am Abend zu Gisela.

»Wer hat dich denn angerufen?«

»Heute Vormittag war Marie dran und erzählte mir, dass ein gewisser Biermann, ein Sohn meines früheren Chefs, der neulich gestorben ist, mich besuchen wollte. Sie hat ihm also meine Handynummer gegeben. Und dann rief dieser Rolf Biermann mich doch tatsächlich an. Er hätte mir etwas Wichtiges zu sagen, aber das ginge nur persönlich. Eigentlich wohnt er in Süddeutschland. Er war aber gerade im Harz. Und nun will er hierher kommen und mich sprechen. Um was es geht, hat er nicht gesagt. Aber ich habe natürlich ein merkwürdiges Gefühl dabei.«

»Kennst du denn diesen Rolf Biermann?«

»Nein. Herr Biermann hatte vier Kinder, aber ich kann

mich überhaupt nicht erinnern, jemals eines kennengelernt zu haben.«

»Soll ich bei dem Gespräch dabei sein, Lilly?«

»Ich glaube nicht, Gisela. Er kommt morgen Nachmittag. Dann setze ich mich mit ihm in den Garten, und er kann mir erzählen, was angeblich so wichtig ist.«

- 19 -

»Mama, ich glaube, Papa liegt tot in der Badewanne.«

»Ich weiß. Ich habe ihn ja selbst ertränkt.«

»Ach, jetzt bin ich ja platt. Warum das denn?«

»Ich weiß nicht so recht. Er lag so friedlich da und schlummerte so zufrieden. Da dachte ich, es wäre doch ganz einfach. Nur den Kopf runterdrücken, und in einer Minute ist alles vorbei.«

Josefine stand am Herd und bereitete das Abendessen. Sie stand ganz versonnen da und rührte im Topf, als sie das sagte. Ihre Tochter Lia, die die Küche durch die Hintertür vom Garten aus betreten hatte, war zunächst etwas erschrocken, ihren Vater tot in der alten Zinkbadewanne im Garten zu finden. Im Sommer im Garten ein Bad zu nehmen, das war so eine Marotte des Vaters. Er hatte es stets als beglückend empfunden, unter dem alten Apfelbaum zu baden, umgeben von Johannisbeer- und Stachelbeersträuchern. Stundenlang konnte er dort liegen, bis seine Haut ganz schrumpelig war.

»Aber Mama, sollten wir ihn nicht aus der Wanne herausholen?«

»Lass ihn doch noch eine Weile dort liegen. Gönnen wir ihm ruhig sein letztes ausgiebiges Bad. Er liebt es doch so sehr, in seinem schönen, verwilderten Garten zu baden. Äh, bleibst du zum Essen? Papa isst ja nichts mehr. Als ich anfing zu kochen, wusste ich ja noch nicht, dass ich ihn ertränken würde.«

»Hm. Ja gut, was gibt es denn?«

»Erbsensuppe mit Griesklößchen.«

»Lecker. Ähm, sag mal, ich verstehe immer noch nicht, warum du Papa ertränkt hast? Habt ihr euch gestritten?«

»Lia, du weißt doch ganz genau, dass man sich mit ihm

nicht streiten konnte. Er war der geduldigste Mensch unter der Sonne.«

»Aber es muss doch irgend einen Grund geben?«

Josefine setzte sich zu ihrer Tochter an den Küchentisch und zündete sich eine Zigarette an.

»Er war alt, immerhin fünfundsiebzig. Mein Gott, und wir waren fast fünfzig Jahre verheiratet. Meinst du nicht, dass das reicht? Sollte ich etwa abwarten, bis er ein Pflegefall wird und keinen Spaß mehr am Leben hat? So ist es doch viel besser. Er ist an seinem Lieblingsort gestorben, völlig versöhnt mit Gott und der Welt. Naja, und ich bin erst neunundsechzig. Ich kann noch mal etwas Neues anfangen. Vielleicht mach ich mal eine Reise...«

»Aber, wenn du ihn nicht mehr haben wolltest, warum hast du dich dann nicht einfach getrennt?«

»Aber Lia, das hätte ich nicht übers Herz gebracht. Ohne mich und seine ganzen alten Gewohnheiten wäre er doch gar nicht lebensfähig gewesen. Nein, nein, so ist es schon besser.«

»Ja, wahrscheinlich hast du Recht. Ich wusste gar nicht, dass es so einfach ist. Flupp, von einem Moment auf den anderen ist man weg. Ich bin echt am Überlegen, ob man das mit meinem Mann nicht auch machen könnte.«

»Wieso, willst du ihn nicht mehr haben?«

»Ach, ich weiß nicht. Er ist so langweilig geworden. Eigentlich war er ja schon immer langweilig. Wahrscheinlich hätte ich einen Jüngeren heiraten sollen. Tim ist jetzt immerhin schon neunundvierzig.«

»Na, viel jünger bist du ja auch nicht.«

»Frauen sind langlebiger und frischer. Außerdem ist er kein bisschen sexy mehr. Er frisst wie einen Scheunendrescher und wird immer fetter. Ich muss nachts schon aufpassen, dass er sich nicht aus Versehen über mich wälzt und mich zerquetscht.«

»Na, so schlimm ist er ja nun auch nicht. Er ist zwar für mich auch nicht gerade der Inbegriff von Männlichkeit und Erotik. Aber er ist doch insgesamt ein netter Kerl. Du hättest es schlimmer treffen können. Blöd ist nur seine Unfruchtbarkeit. Ich hätte schon ganz gern Enkelkinder gehabt. Aber dafür ist es jetzt ja sowieso zu spät.«

»Naja, ich muss es ja nicht heute entscheiden. Außerdem kann ich ihn nicht in der Badewanne ertränken. Er duscht ja immer nur. Ist das Essen bald fertig?«

»Ein paar Minuten noch, Kind. Ähm, ich bin am Überlegen, was wir mit Papa machen. Ich habe keine Lust auf eine Beerdigung mit all dem Tamtam. Ob wir ihn nicht einfach unterm Apfelbaum begraben und dann nach einiger Zeit eine Vermisstenanzeige machen?«

»Hm, wäre natürlich auch eine Möglichkeit. Sag mal, was hältst du von Fiete? Meinst du, er würde zu mir passen?«

»Was jetzt? Welcher Fiete?«

»Na, Fiete Behrens von schräg gegenüber? Der Polizist.«

»Sieht ja ganz sexy aus, ist aber zu jung für dich. Also ich denke, so machen wir´s. Wir buddeln ein Loch unterm Apfelbaum und dann kann er an seinem Lieblingsplatz ruhen.«

»Wer, Fiete?«

»Dein Vater. Wo bist du bloß wieder mit deinen Gedanken? Noch lebt dein Mann, und du denkst schon an einen anderen.«

»Ich kann mich ja trotzdem an Fiete ranmachen. Er lächelt mich immer so nett an, wenn ich ihm begegne. Tim würde doch gar nichts merken.«

»Das hätte sogar noch den Vorteil, dass die

Beamtenpension weiterläuft, bis er dann irgendwann mal für tot erklärt wird?«

»Wer, Fiete?«

»Dein Vater! Ich meine, wenn wir ihn als vermisst melden, dann läuft doch seine Pension weiter.«

»Ich kann Papa ja bei Fiete als vermisst melden. Und bei der Gelegenheit werde ich ihn ein bisschen bezirzen.«

»Erst mal muss er unterm Apfelbaum liegen. Dann warten wir ein paar Tage ab. Und dann geben wir die Vermisstenmeldung auf.«

»Na meinetwegen. Also, dass ich darauf nicht früher gekommen bin. Da ärgere ich mich die ganzen Jahre mit Tim rum und sehe zu, wie er von Tag zu Tag dicker und bequemer wird, und schräg gegenüber wohnt so ein netter Kerl mit dem knackigsten Hintern von Kleinbötelkamp.«

Josefine schaute ihre Tochter mitleidig an, streichelte ihr über den Kopf und sagte:

»So, jetzt dürfte das Essen fertig sein.«

- 20 -

Während Lilly im Garten saß und auf jenen ominösen Rolf Biermann wartete, recherchierte Gisela im Internet nach besagtem Herrn. Es war allerdings hoffnungslos. Biermanns gab es wie Sand am Meer. Also rief sie Rosemarie Ahrens in der Klinik an und erklärte ihr, dass Lilly heute Besuch von einem Sohn ihres alten Schuldirektors bekommen würde.

»Das kommt mir komisch vor. Vielleicht sollten Sie Lilly Höschen nicht allein mit ihm lassen. Es kann ja alles ganz harmlos sein. Aber seitdem ich wieder mit meiner Vergangenheit konfrontiert bin...«

»Ich glaube, Sie haben Recht. Ich setze mich ins Auto und fahre nach Hause. Ich würde mir Vorwürfe machen, wenn Lilly tatsächlich etwas passiert.«

Jürgen Dickson hatte sich mit allerlei Glückspillen präpariert. Auch einen Flachmann mit Hochprozentigem hatte er dabei. Und da die Alte sicherlich nicht freiwillig irgendwas schlucken würde, hatte er zur Überredung seine Pistole eingesteckt. Nun kam alles darauf an, ob sie allein war. Er ging davon aus, dass es sich bei dem Haus, in dem Lilly wohnte, um eine Pension handelte. Falls sie nicht allein war, musste er sie überreden, mit ihm wegzufahren. Alte Damen ließen sich ja gern ausführen.

Gisela drückte aufs Gas. Sie wollte nicht, dass Lilly mit ihrem ominösen Besuch allein war. Als sie in ihre Einfahrt fuhr, kam auch gerade Fiete Behrens in einem Polizeiwagen an. Natürlich war er in Uniform. Vom Grundstück schräg gegenüber kam Lia im Eiltempo auf Fiete zugesteuert. In ihrem ziemlich kurz geratenen Strandkleid und mit den langen blondgefärbten Haaren, die sie offen trug, sah sie aus wie eine Walküre auf Urlaub. Sie sprintete über die Straße und rief nach Fiete, der am Zaun stand, um ein paar Worte mit Gisela zu wechseln. Aufgrund der ungewöhnlichen Aktivität in dieser sonst so ruhigen Straße wurde nun auch Lilly angelockt, die ein Stück entfernt unter dem Lindenbaum gesessen hatte und auf ihren Besuch wartete. Lia lächelte Gisela an und stellte sich kurz vor:

»Hallo, ich bin Lia von gegenüber. «

»Hallo, ich bin Gisela. Wir haben uns ja schon auf der Beerdigung gesehen.«

Und an Fiete gewandt sagte Lia:

»Fiete, ich muss dringend mit dir sprechen. Es geht um meinen Papa.«

»Na, dann will ich mal weiter nicht stören«, sagte Gisela und ging auf Lilly zu.

In diesem Moment fuhr Jürgen Dickson langsam nach der Hausnummer suchend vorbei und bekam einen Schreck. Er sah die kleine Gruppe, darunter einen Polizisten und das Polizeiauto, das nebenan parkte, gab Gas und machte sich davon. Verdammter Mist, dachte er. Die Alte hat die Bullen gerufen. Und da war doch diese Tussi, die neulich auf dem Empfang in der Klinik mit Rosemarie zusammen war. Was wird hier gespielt? Sind die mir etwa auf der Spur?

Gisela setzte sich zu Lilly in den Garten, und die beiden warteten vergebens auf einen gewissen Rolf Biermann.

Nebenan schüttete Lia ihrem Nachbarn Fiete ihr Herz aus.

»Ich weiß gar nicht, was ich machen soll. Papa ist verschwunden.«

»Wie verschwunden?«

»Er ist gestern mit dem Zug nach Hamburg gefahren. Ich habe ihn zum Bahnhof nach Segeberg gebracht. Er wollte ein paar Besorgungen machen. Aber er ist nicht zurückgekommen. Ich denke, wir müssen ihn als vermisst melden.«

»Lia, nun bleib mal ganz locker. Dein Vater ist ein erwachsener Mann. Wenn er mal einen Tag nicht nach Hause kommt, muss ja nicht gleich was passiert sein.«

»Du kennst doch Papa. Er hätte doch zumindest Bescheid gesagt.«

»Also, ich würde sagen, du überlegst noch mal mit deiner Mutter, wo er sein könnte. Und wenn er bis morgen immer noch nicht da ist, kommst du aufs Revier und wir nehmen die Sache auf.«

»Vielleicht hast du ja Recht. Also, ich komm dann morgen. Und wie geht es dir sonst?«

»Wie soll es mir schon gehen? Es ist jetzt sehr ruhig ohne die Oma.«

»Ach, ich kann dir ja mal Gesellschaft leisten, du kleiner Shaker.«

Mit diesen Worten griff sie Fiete an den Hintern, der ganz entsetzt zurückwich und rief:

»Mensch, Lia, was soll das denn jetzt! Du kannst mir doch nicht einfach an den Hintern packen.«

»Nun hab dich mal nicht so. Oder soll ich dir lieber woanders hinfassen? Wir können ja auch reingehen.«

»Lia, jetzt ist aber mal genug! Ich will das nicht. Außerdem muss ich nur schnell was holen und dann zurück zur Dienststelle fahren.«

Gisela beobachtete das Schauspiel aus einiger Entfernung, während sich ein breites Grinsen über ihr Gesicht zog. Dann wandte sie sich Lilly zu:

»Sag mal, Lilly, dieser komische Biermann, auf den wir hier anscheinend vergeblich warten, hat dich doch neulich angerufen.«

»Ganz recht.«

»Gib mir doch mal dein Handy. Ich denke, ich sollte anhand der Nummer herausfinden, wem der Anschluss, von dem er angerufen hat, gehört.«

»Du meinst also, dass es sich bei dem Anrufer gar nicht um Rolf Biermann handelt?«

»Ich habe keine Ahnung. Aber ich werde es herausfinden.«

Am Abend, als Gisela allein durch den Garten schlenderte, sah sie Fiete im Freizeitdress. Sie ging an den Zaun, und er kam widerwillig auf sie zu.

»Sag mal, Fiete, was ist denn das für eine seltsame Nachbarin da gegenüber, diese Lia?«

»Ach, hör bloß auf. Die ist nicht ganz dicht. Genauso ein verrücktes Huhn wie ihre Mutter. Die beiden Weiber haben ´nen Sparren locker. Die waren schon immer so. Ich könnte dir Sachen erzählen. Und jetzt kommt sie hierher und will ihren Vater als vermisst melden. Wenn du mich fragst, hat der Alte sich aus dem Staub gemacht. Und dann besitzt sie noch die Dreistigkeit, mir am Hintern rumzutatschen. Die ist fünfzehn Jahre älter als ich und außerdem verheiratet. Wenn das einer sieht. Äh, hast du etwa gesehen, was sie mit mir...«

Gisela grinste übers ganze Gesicht.

»Ach Fiete, du bist nun mal der Schwarm einsamer Frauen.«

»Scheiße!«

In diesem Moment kam ein Wagen vorgefahren, dem zwei Männer entstiegen, die Gisela kannte. Ohne zu grüßen, sagte der eine an Fiete gerichtet:

»Ist dein Bruder da?«

»Na, wenn das nicht meine beiden Marzipanliebhaber sind«, sagte Gisela

»Oh, Mist. Hallo Frau Kommissarin. Sie hab ich hier ja nun gar nicht vermutet.«

Jetzt mischte sich Fiete ein. Der Zorn war ihm ins Gesicht geschrieben:

»Hast du etwa mit diesen beiden Gipsköppen schon was zu tun gehabt?«

Gisela lächelte nur, während Fiete auf die beiden zuging und brüllte:

»Schert euch zum Teufel! Und wenn ihr noch einmal meinen Bruder in irgendwas reinzieht, dann hau ich euch die Zähne ein.«

Innerhalb von Sekunden waren sie wieder im Auto und sausten davon. Und Gisela musste Fiete nun erzählen, wo und unter welchen Umständen sie die beiden kennengelernt hatte.

»Also Fiete, ich kann dir nur raten, dass du deinen kleinen Bruder dazu bringst, sich von den beiden zu distanzieren. Das sind zwar keine großen Fische. Aber wegen eines Rauschgiftdeliktes vor Gericht zu stehen, ist keine Kleinigkeit.«

»Darauf kannst du dich verlassen. Wenn der Bengel nach Hause kommt! Schon seit der Schulzeit hängt er mit denen rum. Segeberg-Connection nennen sie sich. Kindsköppe sind das, die einfach nicht erwachsen werden wollen. Aber der kann was erleben.«

»Fiete, aber bitte ohne Gewalt.«

Eigentlich fand sie Fiete ganz in Ordnung, wie er sich um seinen jüngeren Bruder kümmerte, der sich standhaft weigerte, erwachsen zu werden. Natürlich war er ein Hitzkopf, der erst zuschlug und dann nachdachte. Na, und dann die seltsame Nachbarin, die ihren Vater als vermisst meldete und dem Polizisten gleichzeitig an die Wäsche ging. Wo bin ich hier nur hingeraten, dachte Gisela und ging still in sich hinein lachend Richtung Haus, aus dem gerade Lilly herauskam, um sich an dem schönen Sommerabend zu erfreuen.

- 21 -

Peter Naujoks war außer sich, als sein Kumpel Jürgen ihm erzählte, was in Sachen Lilly Höschen gelaufen war. Es gab die üblichen Demütigungen und Gemeinheiten. Als Peter dann ausholte und Anstalten machte, Jürgen zu schlagen, sprang dieser auf, packte ihn am Kragen und schleuderte ihn in einen Sessel. Nachdem der Dampf abgelassen war, fingen sie an, wieder rational zu denken und Jürgen, der sich Peter gegenüber hingesetzt hatte, sagte:

»Wenn die Bullen mir tatsächlich auf die Schliche gekommen sein sollten, dann glaube nicht, dass ich für alles allein den Kopf hinhalte. Komm ja nicht auf die Idee, mich fallen zu lassen. Was ich über dich weiß, reicht, um dich für sehr lange Zeit hinter Gitter zu bringen. Dann ist Schluss mit deiner Großkotzigkeit, Herr Doktor.«

»Du bist nicht in der Position, mir zu drohen. Aber wie auch immer, ich werde dich nicht fallen lassen. Ich weiß von nichts, also kann ich auch nichts sagen. Sollten mich die Bullen fragen, dann bist du halt ein alter Kumpel, der für mich arbeitet. Mehr nicht. Solltest du bei deinen Ausflügen in den Harz Spuren hinterlassen haben, kann dir noch lange keiner nachweisen, dass du etwas mit dem tragischen Tod der beiden alten Lehrer zu tun hast. Und du wirst mich nicht verpfeifen. Egal, was kommt. Solltest du wider Erwarten beschuldigt und verknackt werden, deponiere ich für dich eine Summe, die dich für den Rest deines Lebens unabhängig macht. Aber natürlich nur, wenn du absolut dicht hältst. Und ab heute bist du im Urlaub. Such dir irgendwo eine Ferienunterkunft. Und wirf dein Handy weg. Besorg dir ein sicheres, und dann rufst du mich einmal täglich an. Vielleicht hat die Sache mit dem Polizisten ja auch gar nichts zu bedeuten.«

So vernünftig hatte Peter lange nicht mehr mit ihm geredet. Jürgen war einigermaßen beruhigt, packte seine Sachen ins Auto und verschwand.

Als Gisela am nächsten Morgen herausfand, dass der Anruf, den Lilly bekommen hatte, vom Telefon eines gewissen Jürgen Dickson aus Rostock kam, schalteten bei ihr alle Alarmleuchten auf rot. Jetzt war der Zeitpunkt gekommen, wo sie ihre Privatermittlungen offiziell machen musste. Sie setzte sich mit ihren Kollegen Willy und Achim zusammen und erzählte die ganze Geschichte, jedes Detail. Jetzt war Willy in seinem Element. Die letzte Zeit war etwas ruhig gewesen, ohne wirkliche Herausforderungen.

»Also, mein Harzer Roller, das ist ja ziemlich starker Tobak. Du meinst wohl, weil es bei uns im Moment etwas ruhiger zugeht, bringst du halt deine eigenen Morde mit«, sagte er und schaute Gisela dabei verschmitzt an.

»Als erstes müssen wir mit diesem Jürgen Dickson reden. Hast du herausgefunden, wo er zur Zeit steckt?«

»In Rostock wurde mir gesagt, dass er sich momentan in Lübeck aufhält, in der Hauptverwaltung der Klinikkette von Peter Naujoks. Ich denke also, wir statten dem Herrn einen unangemeldeten Besuch ab. Er wird uns erklären müssen, warum er sich bei Lilly Höschen unter falschem Namen meldet, und warum er überhaupt Kontakt zu ihr aufgenommen hat. Dann schalten wir die Kripo in Goslar ein, damit man dort die in den Wohnungen der Opfer sichergestellten Spuren abgleicht, ob sie von Jürgen Dickson stammen. Ich denke, dass wir ihn vorläufig festnehmen müssen. Einen Haftbefehl werden wir ja wohl heute nicht kriegen. Aber wir brauchen einen Durchsuchungsbefehl, um seine Klamotten sicherzustellen, damit wir überhaupt Spuren finden. Und wir brauchen natürlich genetisches

Material, Fingerabdrücke, das volle Programm.«

»Und du meinst, dass ein Richter uns das unterschreibt, nur weil eine alte Dame behauptet, einen Anruf unter falschem Namen bekommen zu haben?«

»Willy, ich verdächtige den Mann, zwei Morde begangen und den dritten geplant zu haben. Und die Untersuchung der Spuren wird uns zeigen, ob ich richtig liege. Außerdem solltest du *die alte Dame* nicht so betonen, sonst hetze ich sie auf dich. Und wenn sie mit dir fertig ist, weißt du nicht mehr, ob du Männlein oder Weiblein bist. Also, wann redest du mit dem Staatsanwalt, dass er uns Rückendeckung gibt?«

Die junge Staatsanwältin, die während der Urlaubszeit zuständig war, brachte Willy auf die Palme. Sie konnte den Zusammenhängen nicht folgen. Was hatte eine nicht angeklagte Vergewaltigung, die vor dreißig Jahren im Harz passiert sein sollte, mit zwei Todesfällen neueren Datums zu tun? Zuständig war ja wohl die Kripo in Goslar. Warum sollte sich nun Lübeck mit dieser Sache befassen, wenn in Goslar keine Untersuchung eingeleitet war? Und das alles basierte letztendlich auf einem Telefonat einer dreiundachtzigjährigen, wahrscheinlich tütteligen Dame. Und seit wann war es verboten, wenn ein alter Schüler oder auch sonstiger Bekannter Kontakt zu einer alten Lehrerin aufnahm? Bevor sie irgendetwas absegnen würde, zum Beispiel eine Hausdurchsuchung, wollte sie zumindest mit Lilly Höschen sprechen, um sich ein Bild zu machen. Also rief Willy im Büro an und bat Gisela, sie solle doch dafür sorgen, dass ihre Freundin Lilly schnellstens zur Staatsanwältin kam.

Anderthalb Stunden später saßen Willy, Gisela und Lilly Höschen der jugendlichen Staatsanwältin gegenüber, die in ein mausgraues Kostüm gehüllt war. Nicht der Hauch eines Lächelns zierte ihr Gesicht, dessen Makeup an eine Wachsfigur erinnerte.

Es war ein seltsames Trio, das sich da vor der gestylten Staatsanwältin aufbaute. Willy, der erfahrene, bullig wirkende Kripomann, die kleine, introvertiert wirkende Gisela mit ihrer Jungenfrisur in Jeans und T-Shirt; und schließlich Lilly, die alte Dame mit blondiertem Lockenkopf und in ihrem totschicken sommerlichen Hosenanzug, die die junge Juristin anklagend anschaute.

»Also, Frau Höschen...«

»*Fräulein*, bitte.«

»Wie?«

»Fräulein, nicht Frau.«

Jetzt war die Staatsanwältin irritiert und machte den Fehler, es besser zu wissen:

»Nun, ich denke, die korrekte Anrede heutzutage für alle Frauen ist Frau.«

»Das ist mir, gelinde gesagt, schnurzegal. Ich nehme an, dass es Ihnen nicht allzu viel Mühe macht, eine Silbe mehr zu sagen und mich mit Fräulein anzureden. Oder gibt es mittlerweile ein Gesetz, das es verbietet, diese Anrede zu verwenden und ich habe es aufgrund meiner Senilität noch nicht mitbekommen?«

»Nein, gibt es nicht, Fräulein Höschen. Nachdem dies geklärt wäre, kommen wir doch bitte endlich zur Sache. Sie haben also einen Anruf erhalten von einem...«, jetzt sah sie in ihre Unterlagen.

»...Rolf Biermann.«

»Nein, ich habe einen Anruf erhalten von einem Mann, der sich als Rolf Biermann ausgegeben hat. In Wirklichkeit ist dieser Mann Jürgen Dickson, geborener Schmer.«

»Woher wollen Sie das wissen?«

»Das Telefon, von dem angerufen wurde, gehört einem Jürgen Dickson aus Rostock. Aber ich dachte, das sei alles bekannt. Offenbar hat hier irgendwer seine Hausaufgaben nicht gemacht. Und als alte Lehrerin kann ich das gar nicht ausstehen.«

»Frau, äh Fräulein Höschen, wir machen durchaus unsere Hausaufgaben. Bitte beantworten Sie doch einfach nur meine Fragen. Und weil sich möglicherweise jemand unter einem anderen Namen meldet, vermuten Sie gleich ein Mordkomplott?«

»Junge Dame, reden Sie bitte nicht mir, als ob ich eine Idiotin wäre. Ich kann ja wohl davon ausgehen, dass Ihnen die Hintergründe bekannt sind. Dieser Mann war, bevor er angerufen hat, vor meinem Haus im Harz und wollte mich besuchen. Meine Verwandte, die gerade da war, hat ihm dann meine Nummer gegeben. Zwei meiner alten Kollegen wurden kürzlich mittels Rauschgift ins Jenseits befördert. Und nun versucht dieser Herr, mich ebenfalls umzubringen.«

»Und warum sollte er das tun?«

»Warum fragen Sie ihn das nicht selbst? Ich vermute Rache. Sie mögen vielleicht denken, auf eine alte Schachtel mehr oder weiniger kommt es nicht an. Aber ich muss Ihnen sagen, dass ich nicht tatenlos dastehen werde, weil es einem Psychopathen gefällt, mich um die Ecke zu bringen.«

»Ich kann nicht so einfach Häuser durchsuchen und Menschen festnehmen lassen. Mit solchen Mitteln sollte man möglichst zaghaft umgehen, um keinen Schaden anzurichten. Ich muss alles, was ich mache, auch irgendwie rechtfertigen.«

Lilly verlor allmählich die Beherrschung und konterte:

»Es ist genauso, wie Luther schon sagte: Aus einem

zaghaften Arsch kommt kein mutiger Furz.«

Die Staatsanwältin sah Lilly erschrocken an und wusste nicht, ob das nun eine Beleidigung war oder nicht. Dieses Hickhack zwischen der jungen und der alten Frau setzte sich noch eine Weile fort, bis die Staatsanwältin am Ende ihrer Kräfte war und gar nicht mehr wusste, was sie eigentlich mit dieser Vernehmung bezweckte. Schließlich bedankte sie sich bei Lilly förmlich und bat sie, draußen zu warten. Dann bearbeitete Gisela sie weiter, und nach zehn Minuten war die Hausdurchsuchung auf dem kurzen Dienstweg vom zuständigen Richter genehmigt, und zwar nicht nur für Jürgen Dickson, sondern auch für Peter Naujoks.

Als die Staatsanwältin dann allein in ihrem Zimmer saß, dachte sie, Scheiße, warum habe ich mich darauf eingelassen? Wie konnte das passieren? Ihr brummte der Schädel. Wenn nun nichts dabei herauskam und Naujoks, dieser hoch angesehene Lübecker Bürger, würde sich über sie beschweren? Dann würde ihre Karriere, die gerade erst begonnen hatte, erst mal für lange Zeit in Stillstand verharren.

Als sie das Zimmer der Staatsanwältin verlassen hatten, fing Willy an zu lachen. Vor dem Gebäude trafen sie Lilly Zigarillo rauchend an, die sich nicht erklären konnte, was an der ganzen Sache so komisch war, und Willy sagte:

»Ihr Harzer Mädels habt es wirklich drauf. Mit dieser karrieregeilen Zicke wäre ich allein nie fertig geworden.«

Zurück im Büro, brachten sie in Erfahrung, dass Peter Naujoks heute nicht in der Verwaltung war, sondern zu Hause. Und von Jürgen Dickson wusste man in der Verwaltung gar nichts. Er wurde dort seit Tagen nicht mehr gesichtet, sagte die Dame am Telefon. Also setzten sich

Willy und Gisela ins Auto und fuhren nach Travemünde zum Privathaus von Peter Naujoks. Vorsichtshalber nahmen sie ein Team von der Spurensicherung mit, das zunächst vor der Tür warten sollte.

Peter Naujoks´ Haus in Travemünde war beeindruckend, vorausgesetzt man mochte Protzbauten. Er öffnete nach dem ersten Klingeln. Gisela und Willy zeigten ihre Dienstausweise und Willy sagte:

»Guten Tag, Herr Dr. Naujoks. Jobst vom LKA. Das ist meine Kollegin Frau Weniger. Wir müssen mit Ihnen sprechen.«

Erstaunt bat er sie ins Haus und führte sie in das riesige Wohnzimmer, wo er ihnen an einem kleinen runden Tisch Platz anbot.

»Was führt Sie zu mir? Hat einer meiner Ärzte jemandem eine Pinoccio-Nase gemacht?«, gab er scherzend von sich.

»Wir müssen mit Ihrem Mitarbeiter Jürgen Dickson sprechen.«

»Oh, da kommen Sie zu spät. Herr Dickson war ein paar Tage hier und ist gestern Abend abgereist. Er hat Urlaub. Ich kann Ihnen auch nicht sagen, wo er ist. Er wollte einfach auf blauen Dunst losfahren.«

»Hat er während seines Aufenthaltes hier bei Ihnen gewohnt?«

»Ja, in einem meiner Gästezimmer.«

»Dann möchten wir dieses Zimmer bitte jetzt sehen.«

»Könnten Sie mir bitte sagen, warum?«

»Nein, im Moment noch nicht. Aber damit Sie wissen, dass alles mit rechten Dingen zugeht, hier sind Durchsuchungsbeschlüsse für Ihr Haus und Ihr Unternehmen.«

Willy hatte die Schriftstücke auf den Tisch gelegt und Naujoks nahm sie erstaunt in die Hand.

»Nun, ich zeige Ihnen natürlich das Zimmer. Ich habe schließlich nichts zu verbergen. Aber mich würde schon interessieren, was eigentlich los ist. Was soll denn Herr Dickson um Himmels Willen angestellt haben?«

»Dazu sagen wir Ihnen später etwas. Ich lasse mal eben die Mitarbeiter der Spurensicherung herein.«

Als die drei Leute mit ihren Utensilien das Haus betraten, kam Peter Naujoks leicht ins Flattern. Zwei Mitarbeiter nahmen sich das Zimmer mit angeschlossenem Badezimmer vor, das Jürgen Dickson bewohnt hatte. Es war zum Glück noch nicht neu hergerichtet. Die Putzfrau war wohl noch nicht da gewesen, was die Kriminalbeamten natürlich außerordentlich freute. Ein Mitarbeiter kassierte einen Laptop von Peter Naujoks.

Parallel zu diesem Einsatz hatte sich Achim auf den Weg nach Rostock gemacht, um sich die dortige Wohnung von Jürgen Dickson anzusehen. Er nahm dabei die Hilfe der örtlichen Kripo in Anspruch.

Am Abend hatte man reichlich Spuren von Jürgen Dickson gefunden und an die Kripo in Goslar geschickt, damit man diese mit denen an den Tatorten der beiden verstorbenen Lehrer vergleichen konnte. Und das Beste: Sowohl auf dem Laptop von Naujoks als auch auf einem Computer, den man in Rostock sichergestellt hatte, war nachweisbar, dass man sich mit den an Rauschgift gestorbenen Lehrern beschäftigt hatte. Der Abgleich der Spuren bezüglich Dickson würde noch ein paar Tage Zeit in Anspruch nehmen. Dass man Spuren von Naujoks an den Tatorten finden würde, war von vornherein unwahrscheinlich. Aber auch in diese Richtung wurde untersucht. Am nächsten Morgen würden Willy und Gisela Herrn Dr. Naujoks ins LKA zu einer Vernehmung abholen lassen.

- 22 -

Gisela kam spät nach Hause und hatte ein schlechtes Gewissen wegen Lilly. Sie hatte sie schließlich eingeladen, und nun war sie den ganzen Tag auf sich allein gestellt. Auf der anderen Seite ging es schließlich um die Morde, die Lilly von zu Hause mitgebracht hatte. Als Gisela in die Einfahrt fuhr, saßen Klaus und Lilly unter dem Lindenbaum mit einem Glas Wein. Gisela setzte sich dazu, und als Lilly ihr auch Wein einschenken wollte, lehnte Gisela ab:

»Nein, in nächster Zeit darf ich leider nicht.«

»Oh, gibt es da etwas, was ich noch nicht weiß?«, fragte Lilly.

»Ja, das könnte man so sagen. Wir werden Eltern.«

Jetzt war Lilly ganz aus dem Häuschen. Sie bestand darauf, das Abendessen zuzubereiten, damit Gisela sich von ihrer schweren Arbeit ausruhen konnte.

»Lilly, ich bin schwanger, nicht krank.«

Das Doppelgrundstück der Familien Janzen und Kleinbauer war groß und wild. Es lag gegenüber der Häuser von Gisela und der Familie Behrens. Von der Straße her war es absolut nicht einsehbar, da alles mit hohen Sträuchern und Bäumen bewachsen war. Die beiden Häuser dahinter konnte man nur erahnen. Josefine und ihre Tochter Lia hatten den ganzen Tag über an einem tiefen Loch gebuddelt. Das Wurzelwerk unter dem Apfelbaum, in dem Josefines Mann seine letzte Ruhe finden sollte, hatte sie literweise Schweiß gekostet. Aber jetzt war es fertig, und man konnte das Familienoberhaupt würdig bestatten.

Lia war zwischendurch zur Polizei nach Bad Segeberg gefahren, um die Vermisstenmeldung aufzugeben. Natürlich bestand sie darauf, dies bei ihrem alten Freund und

Nachbarn Fiete Behrens zu tun, der auch alles treu und brav aufnahm. Ungläubig schaute er dabei Lia immer wieder an. Irgendwie war es ihm suspekt, dass sein alter Nachbar, den er in den letzten Jahren vielleicht alle paar Monate mal gesehen hatte, plötzlich verschwunden sein sollte.

Als die beiden Frauen den Ehemann und Vater schließlich in ein Laken gehüllt hatten, boten sie ihre letzte Kraft auf, um den Leichnam in die Grube zu senken. Lia, die das Oberteil zu heben hatte, rutschte dabei das Laken aus der Hand und es machte plumps.

»Sei doch nicht so pietätlos, Mädchen.«

»Ja, du bist gut. Du hast dir schließlich auch die leichtere Seite ausgesucht. Also zum Zubuddeln hab ich heute aber keine Kraft mehr.«

»Mir langt es auch für heute«, gab Mutter Josefine zurück.

»Aber pass auf, dass dein Mann das Loch nicht sieht.«

»Du glaubst doch wohl nicht, dass der im Garten rumspaziert. Er kommt heute erst spät nach Haus, weil er mit seinen Kumpanen mal wieder saufen und sich vollfressen muss. Das Ganze nennt er Kegeln. Wenn er dann kommt, geht er sofort ins Bett und schnarcht mir die ganze Nacht die Hucke voll, dass ich nicht schlafen kann.«

Als die Dunkelheit Kleinbötelkamp eingehüllt hatte, wurden Gisela und Klaus allmählich müde und sagten ihrem Gast Gute Nacht. Lilly war allerdings hellwach und wollte gern noch etwas draußen sitzen. Sie war ein Nachtmensch. Irgendwann hörte sie ein Auto auf der gegenüberliegenden Straßenseite vorfahren. Es stieg jemand aus, dann laute Stimmen, die Tür wurde zugeknallt und das Auto fuhr weg. Knapp eine Minute später schrie jemand. Eine Männerstimme.

Tim Kleinbauer hatte sich von einem Freund nach Hause bringen lassen. Er selbst fuhr ja nicht, wenn er ordentlich Alkohol intus hatte. Aber seinem Freund machte das nichts aus.

»Warum setzt du mich nicht vor meinem eigenen Eingang ab? Hier wohnt meine Schwiegermutter«, lallte er seinen Freund an.

»Mein Gott, stell dich nicht so an. Dann gehst du eben über den heiligen Rasen deiner komischen Schwiegermutter. Bewegung tut gut.«

»Na, von mir aus. Also, danke fürs Bringen.«

»Da nicht für.«

Tür zu, und schon fuhr er ab. Nun ging Tim in Richtung des Hauses seiner Schwiegereltern. Dann bog er rechts ab. Es war stockfinster. Warum haben die blöden Gänse eigentlich keine Außenbeleuchtung angemacht? Die wissen doch, dass ich irgendwann nach Hause komme. Zuerst verlor er die Orientierung und dann den Boden unter den Füßen. Nach dem Sturz fand er sich in einer Grube wieder. Zuerst dachte er, er sei auf einem falschen Grundstück. Denn bei ihm gab es keine Grube. Dann sah er aber den Umriss seines Hauses. Es war völlig unmöglich, aus dieser Grube herauszukommen. Schließlich fing er an zu schreien. Da Lia bei offenem Fenster schlief, hörte sie ihren Mann, machte die Außenbeleuchtung an und stürmte im Pyjama aus dem Haus. Das durfte doch nicht wahr sein. Tim stand in der Grube und brüllte seine Frau an:

»Was ist das denn hier für eine Scheiße? Wie kommt das Loch hier hin?«

»Was musst du denn auch bei Dunkelheit kreuz und quer durch den Garten rennen? So blöd kann man doch gar nicht sein.«

Dann fiel Tim wieder auf die Knie und wühlte

verwundert in dem Laken unter sich herum. Als er merkte, dass er auf seinem Schwiegervater hockte, fing er höllisch an zu schreien und seine Frau fuhr ihn an:

»Hör endlich auf zu brüllen, du Idiot! Du weckst noch die ganze Nachbarschaft.«

Aber Tim wurde immer hysterischer, kam wieder auf die Beine und brüllte:

»Hol mich sofort hier raus! Der Alte ist ja tot, verdammt noch mal! Ich will hier rauuuuuus!«

Nun wusste Lia sich keinen Rat mehr. Ihr Mann hörte einfach nicht auf zu schreien. Ihr war aber klar, dass er unbedingt Ruhe geben musste. Also nahm sie die Schaufel, die noch da stand und haute diese ihrem Gatten kräftig auf den Hinterkopf. Es machte nicht nur *Gong*, sondern auch *Knack*. Hatte etwa das Genick einen mitbekommen?, fragte sich Lia. Eine Sekunde lang sah Tim seine Frau verwundert an und sackte dann lautlos zusammen. Er lag der Länge nach auf seinem Schwiegervater mit dem Kopf an dessen Fußende.

»So, jetzt ist Ruhe«, sagte Lia zufrieden.

Inzwischen kam Josefine im Nachthemd angerannt, die tief und fest geschlafen hatte.

»Mein Gott, was ist denn hier für ein Krawall? Ist etwa Papa von den Toten auferstanden?«

»Nö, ganz im Gegenteil. Tim ist in seinem besoffenen Kopp in die Grube gefallen und hat geschrien wie am Spieß. Mir blieb nichts anderes übrig, als ihm eins mit der Schaufel überzuziehen. Aber wie es scheint, ist das wohl ein bisschen zu fest gewesen. Ich glaube, der ist jetzt auch hin.«

»Kind, was machst du bloß schon wieder für einen Blödsinn?«

»Da kann ich doch nichts für. Jedenfalls sparen wir

uns jetzt die zweite Grube. Dann muss er eben mit seinem Schwiegervater Vorlieb nehmen. Morgen früh buddeln wir hier zu und dann hat sich´s. Schluss, aus, vorbei. Dann mach ich noch ne zweite Vermisstenmeldung, und dann ist alles gleich in einem Abwasch erledigt.«

Lilly war angesichts des Gebrülls und der lauten Konversation aufgestanden und über die Straße gegangen, um zu erkunden, was auf dem Nachbargrundstück los war. Sie dachte schon, sie müsste eingreifen. Nun hörte sie aber nur noch zwei Frauenstimmen, die sich in normaler Lautstärke unterhielten. Offenbar kehrte jetzt wieder Ruhe ein. Und ich meine immer, die Leute im Harz sind reichlich seltsam, dachte sie, aber in Holstein gibt es anscheinend auch genug Verrückte. Schließlich schlenderte sie ruhig zum Haus zurück und begab sich zur Ruhe.

- 23 -

Jürgen Dickson war in den Harz gefahren. Er wusste selbst nicht, welcher Teufel ihn geritten hatte, ausgerechnet in seine alte Heimat zurück zu fahren. Bis auf die Kurzbesuche bei seinen alten Lehrern war er eine Ewigkeit nicht mehr hier gewesen. In Bad Sachsa, einem romantischen kleinen Ort, hatte er sich eine private Pension gesucht, wo er nicht seinen Ausweis vorzeigen musste und einen falschen Namen nennen konnte. Außerdem wollte er in bar bezahlen, damit niemand nachvollziehen konnte, wo er war. Aber er brauchte Bargeld. Von seinem neuen Handy, das er schwarz gekauft hatte, rief er Peter Naujoks an.

»Scheiße, was meinst du denn, was hier los ist! Das Landeskriminalamt war hier und will dich sprechen. Sie haben alles durchgewühlt. Ich schätze, in deiner Wohnung in Rostock waren sie auch. Vielleicht haben sie auch deinen Wagen zur Fahndung ausgeschrieben. Versteck die Kiste am besten.«

»Ich brauche Bargeld.«

»Ich schick dir was; sag mir deine Adresse. Und dann ruf mich nicht mehr an. Wenn die irgendwelche Spuren finden, die du hinterlassen hast, werden wir bestimmt abgehört.«

»Und wie soll ich erfahren, was los ist? Wahrscheinlich finden sie nichts und die ganze Sache verläuft im Sand.«

»Ich werde dich von einer Telefonzelle aus anrufen.«

Er hatte ein mulmiges Gefühl. Die Polizei suchte ihn. Er war auf der Flucht. Wie hatte das alles nur so kommen können? Er selbst wäre nie auf die Idee gekommen, die alten Pauker ins Jenseits zu befördern. Aber er hatte sich von Peter manipulieren lassen, wie immer.

Am nächsten Morgen wurde Peter Naujoks von der

Polizei abgeholt und ins LKA gebracht. Sein Anwalt traf fünf Minuten später ein. Die beiden sahen so seriös aus in ihren teuren Sommeranzügen, dass Gisela sich richtig schäbig vorkam in ihrem billigen T-Shirt. Sie würde es wohl nie lernen, sich gediegen anzuziehen. Und Willy sah nicht viel besser aus in seiner ausgebeulten Sommerhose und dem kurzärmligen, blauen Hemd. Im Vernehmungszimmer war es kühl. Naujoks und sein Anwalt schauten interessiert zu Willy, der das Wort ergriff:

»Meine Herren, wir sind ja auf der Suche nach Jürgen Dickson, der bis vorgestern bei Ihnen, Herr Dr. Naujoks, zu Gast war. Wir verdächtigen ihn, am Tod zweier Lehrkräfte beteiligt gewesen zu sein. Deshalb haben wir seine Wohnung in Rostock durchsucht, ebenso wie das Zimmer, in dem er in Ihrem Haus gewohnt hat. Außerdem haben wir uns Ihren Computer angesehen, Herr Dr. Naujoks. Und zu unserer Überraschung haben wir festgestellt, dass Sie in letzter Zeit über diese beiden Lehrkräfte, also Herrn Biermann und Frau Wagner, recherchiert haben. Warum haben Sie das getan?«

Naujoks erhob lässig die Hand und ließ sie wieder fallen, um Langeweile zu demonstrieren.

»Ich kann mich nicht daran erinnern. Ich vermute mal, dass Jürgen Dickson das getan hat. Ich hatte ihm erlaubt, meinen Computer zu benutzen.«

»Dann müsste Herr Dickson aber Dauergast bei Ihnen sein. Soll ich Ihnen die ganzen Daten vorlesen, an denen Sie sich mit diesen beiden Herrschaften beschäftigt haben?«

»Ich erinnere mich, dass Jürgen mich mal am Telefon nach den beiden gefragt hat. Vielleicht habe ich auf Grund dessen auch selbst mal die beiden Namen eingetippt. Ich weiß es nicht, weil ich das nicht für wichtig hielt.«

»Was meinen Sie denn, warum Herr Dickson sich überhaupt mit diesen alten Lehrern beschäftigt hat?

»Das müssen Sie ihn schon selbst fragen, wenn er wieder da ist.«

Jetzt konnte Gisela nicht mehr an sich halten und posaunte los:

»Nun hören Sie doch auf, so rumzueiern. Diese beiden Lehrkräfte und die Lehrerin Lilly Höschen waren dafür verantwortlich, dass Sie und Herr Dickson damals von der Schule geflogen sind. Ihnen wurde nicht nur ein Rauschgiftdelikt vorgeworfen, sondern auch eine handfeste Vergewaltigung. Dass die Anklage dann nicht erfolgt ist, hatte damit zu tun, dass Ihre Eltern die Eltern des Opfers gekauft haben.«

Jetzt hob der Anwalt die Hand und polterte zurück:

»Also, Frau Weniger, so bitte nicht. Sie stellen hier einfach Dinge in den Raum. Außerdem, was vor Jahrzehnten mal gewesen ist, was hat das mit heute zu tun? Ich denke, ich muss Sie ohnehin erst mal bitten, mich mit meinem Mandanten unter vier Augen unterhalten zu lassen. Ihre überfallartig anberaumte Vernehmung ist eine Zumutung. Ich weiß gar nicht, worum es eigentlich geht. Am Ende kommen Sie noch mit irgendwelchen Geschichten aus dem Kindergarten, zu denen Herr Dr. Naujoks Stellung beziehen soll.«

»Bitte, meine Herren, ich bringe Sie gern in ein Zimmer, wo Sie sich ungestört unterhalten können. Wir haben Zeit«, entgegnete Gisela freundlich lächelnd.

Nach einer halben Stunde traf man sich wieder im Vernehmungszimmer und der Anwalt schoss seine Worte wie aus der Pistole:

»Nachdem Herr Dr. Naujoks mir den Sachverhalt erklärt hat, frage ich mich, was diese ganze Veranstaltung hier soll. Es ist doch hanebüchen, was für Zusammenhänge Sie hier konstruieren. Was wollen Sie eigentlich von meinem Mandanten?«

»Man nennt es Zeugenbefragung«, war die gelassene Antwort des Hauptkommissars.

»Wir verdächtigen seinen Freund und Mitarbeiter, der bei ihm zu Gast war, eines schweren Verbrechens und suchen ihn. Und es ist die Pflicht Ihres Mandanten, uns dabei zu unterstützten. Wenn er uns dabei nicht unterstützt, müssen wir davon ausgehen, dass er ein Interesse daran hat, dass Herr Dickson nicht gefunden wird.«

Es gab noch ein gewisses Geplänkel, und Naujoks versicherte sehr freundlich, dass er selbstverständlich alles tun werde, um seinen Mitarbeiter ausfindig zu machen, wenngleich er sich nicht vorstellen könne, irgendetwas mit den ominösen Todesfällen der zwei Lehrer zu tun zu haben. Und warum er sich angeblich unter falschem Namen bei Fräulein Höschen gemeldet hatte, konnte er sich schon gar nicht erklären.

»Irgendwie muss es sich hier um ein Missverständnis handeln «, meinte er ganz jovial, was Gisela veranlasste, zu kontern:

»Wenn sich herausstellt, dass Herr Dickson Spuren hinterlassen hat bei den zwei Todesopfern, dann sieht es allerdings ganz anders aus. Auch für Sie.«

Am liebsten hätte sie sich auf die Zunge gebissen. Denn die Untersuchungsergebnisse waren noch nicht da. Und was, wenn man keine Spuren fand?

Ziemlich unbefriedigt gingen Willy und Gisela zurück in ihr Büro und Gisela presste zwischen den Zähnen heraus:

»Ich weiß, dass er da mit drinhängt. Und ich werde es beweisen.«

»Jetzt lass uns erst mal abwarten, was das Labor uns für Ergebnisse beschert, Mädchen.«

Peter Naujoks fuhr vom LKA in die neue Klinik. Er hatte einen Termin bei Professor Mangeler. Nicht in seiner Eigenschaft als Geschäftsführer, sondern als Patient. Er konnte den Alten mit seiner Penisnase zwar nicht ausstehen, aber er schätzte dessen Ruf als hervorragenden Urologen. Mangeler behandelte ihn denn auch, obwohl er Naujoks für einen aufgeblasenen Arsch hielt, mit großer Sachlichkeit und der ihm in Jahrzehnten angeeigneten ärztlichen Freundlichkeit. Mangeler gab seinen Patienten immer das Gefühl, in den besten Händen zu sein. Beim abschließenden Gespräch offerierte er Naujoks, dass sein Problem durch eine Operation zu lösen sei.

»Machen Sie sich keine Sorgen. Diese OP habe ich schon über hundert Mal gemacht. Immer mit Erfolg.«

Beschwingt fuhr er nach Hause. Die Angst vor seinem medizinischen Problem war verschwunden. Und die Kriminalisten hatten sich in seinen Augen lächerlich gemacht. Ihm konnte keiner was. Nun überlegte er, wie er sich angesichts dieser erfolgreichen Entwicklung belohnen könnte. Und da gab es zurzeit nur eine Antwort: Rosemarie Ahrens.

Auch am folgenden Tag kam noch keine befreiende Antwort aus dem Labor. Und von Jürgen Dickson keine Spur. Gisela war unbefriedigt und ließ ihre schlechte Laune an den Kollegen aus. Achim sagte:

»Könnte es nicht sein, dass du doch ein ganz klein wenig schwanger bist? Meine Frau hatte da auch immer solche launischen Anwandlungen.«

- 24 -

Am nächsten Tag kreuzte Lia wieder bei der Polizei in Bad Segeberg auf. Sie verlangte, Fiete Behrens zu sprechen. Als er sie sah, brachte er einen Stoßseufzer heraus und sagte:

»Lia, ich hoffe, dass du mir sagen willst, dass dein Vater sich wieder eingefunden hat.«

»Ganz im Gegenteil. Jetzt ist Tim auch noch verschwunden.«

Zuerst dachte er, es handele sich um einen Witz. Aber so wie sie guckte und wie er seine Nachbarin kannte, wusste er natürlich, dass von Lia keine Witze dieser Art zu erwarten waren.

»Also Lia, du machst mich langsam fertig. Erst verschwindet dein Vater, was ja schon verrückt genug ist. Und ein paar Tage später ist dein Mann weg. Allmählich glaube ich, die Kerle haben sich aus dem Staub gemacht, weil sie euch Weiber nicht mehr ertragen können.«

»Jetzt werd aber nicht kiebig. Du meinst wohl, weil du so einen knackigen Arsch hast, kannst du dir bei mir alles rausnehmen!«

»Was ist los? Was hat denn mein Arsch mit dem Verschwinden der Kerle zu tun? Jetzt sag mir lieber, was vorgefallen ist. Habt ihr euch mal wieder in die Wolle gekriegt, du und dein Tim?«

Die beiden Kollegen, die das Gespräch mit anhörten, genossen es sichtlich. Schließlich nahm Fiete die Vermisstenmeldung auf und sah zu, Lia so schnell wie möglich aus der Polizeistation herauszukriegen. Als Lia gegangen war, ahmte ein Kollege mit weiblich verstellter Stimme Lia nach:

»Ach, was hast du doch für einen knackigen Arsch, Fiete.«

Dann fingen er und der andere Kollege haltlos an zu lachen. Und Fiete brüllte wütend:

»Haltet bloß die Schnauze!«

Nun war endlich die Auswertung aus dem Labor da. Willy stand in der Mitte des Dreierbüros und hielt ihn den Bericht triumphierend in die Höhe:

»Er war da. In beiden Wohnungen. Jetzt müssen wir ihn nur noch kriegen.«

»Schön und gut«, muffelte Gisela launisch herum, »aber wenn wir ihn dann haben, wird er uns bestimmt nicht gestehen, dass er die Drogen zu den beiden alten Lehrern gebracht hat. Denn aus dem Bericht geht nicht hervor, dass er das Herointütchen, das gefunden wurde, angefasst hat. Und bei Elinor Wagner wurden Drogen ja nur im Blut gefunden. Es gibt also keinen Beweis, dass er etwas mit ihrem Tod zu tun hat. Er wird behaupten, er hätte seine alten Lehrer mal besucht. Und das ist nicht verboten.«

»Mensch, Mädchen, nun sei doch nicht so pessimistisch! Wir sind ein ordentliches Stück weiter. Und jetzt konzentrieren wir uns darauf, den Kerl zu finden.«

»Ich muss mal in Ruhe nachdenken. Irgendwie ist hier nicht der richtige Platz dazu. Ich nehme mir für den Rest des Tages frei und fahre nach Hause. Außerdem muss ich mich mal etwas mehr um meinen Besuch kümmern.«

Auf dem Heimweg pochte es in Giselas Kopf, wie sie es schaffen könnte, Dickson – und am besten auch gleich diesem Naujoks, nachzuweisen, dass sie den Tod der beiden Lehrer herbeigeführt hatten. Zu Hause angekommen, lud sie Lilly ein, nach Bad Segeberg zu fahren, um dort Mittag zu essen und anschließend am Großen See zu bummeln.

Abends kam Fiete rüber, als er Gisela im Garten sah.

»Mir geht die Sache mit unseren Nachbarn von gegenüber nicht aus dem Kopf. Zuerst verschwindet der Mann von der ollen Josefine. Und gestern kommt Lia schon wieder aufs Revier und meldet ihren Mann als vermisst, den Tim.«

Gisela schaute Fiete tief erstaunt an.

»Das kann man ja kaum glauben. Es sei denn, die beiden Männer haben sich verabredet. Vielleicht haben sie einfach die Schnauze voll von ihren Frauen.«

»Ja, das sowieso. Aber wenn man abhaut, dann nimmt man doch was mit. Zumindest Geld und Bankkarten.«

»Meinst du etwa, dass es nicht mit rechten Dingen zugeht.? Vermutest du, dass ein Verbrechen dahinter stecken könnte?«

»Das kann ich mir nicht vorstellen, Gisela. Eigentlich nicht.«

»Und uneigentlich?«

Uneigentlich war ihm klar, dass die beiden Frauen einen Sparren locker hatten. Das hatte er Gisela ja auch schon gesagt. Sie verblieben so, dass sie mal in Ruhe darüber nachdenken wollte. Mein Gott, sagte sich Gisela, worüber soll ich denn noch in Ruhe nachdenken? Sie wollte gern ihren Kopf frei haben für die Sache mit Naujoks und Dickson. Sie schlenderte ins Haus und war freudig überrascht, dass Lilly und Klaus das Abendessen vorbereitet hatten. Klaus deckte den Tisch, und Lilly stand am Herd. Beide waren in ein wissenschaftlich-philosophisches Gespräch vertieft.

»Und wo, lieber Klaus, ist der wissenschaftliche Beweis dafür, dass das Universum am Ende nicht mit Brettern zugenagelt ist?«

»Lilly, das kann ich nicht beweisen, ebenso wenig wie ich beweisen kann, dass das Universum unendlich ist oder dass der liebe Gott in Wirklichkeit eine Frau ist, die gern

Waldmeisterbrause trinkt.«

»Wenn Gott ein Mann wäre, würde ich Atheistin sein. Aber du bist mal wieder typisch Mann. Immer wenn du nicht weiter weißt, wirst du albern.«

»Das habe ich von dir gelernt, Lilly.«

Beim Essen erzählte Gisela, dass bei den Nachbarn gegenüber schon wieder ein Mann verschwunden war. Klaus konnte sich vor Lachen nicht halten, aber Lilly bekam ein ganz ernstes Gesicht und sagte:

»Ich glaube, die haben ihre Männer umgebracht.«

Jetzt war Klaus ganz aus dem Häuschen und es gelang ihm nur mit Mühe, das Wasser, das er noch im Mund hatte, nicht auf den Tisch zu prusten. Lilly hingegen hielt die Hände Ruhe gebietend zu Klaus und sagte:

»An dem Abend, als ihr schon vor mir ins Haus gegangen seid, gab es auf dem Grundstück ein fürchterliches Spektakel. Erst fuhr ein Auto vor, und der Mann von dieser Lia stieg aus. Dann ging er auf das Grundstück durch den linken Eingang, wo seine Schwiegereltern wohnen. Plötzlich fing er an zu schreien. Kurz danach habe ich Lia gehört. Die beiden haben einen solchen Lärm gemacht, dass ich über die Straße an das Nachbargrundstück gegangen bin. Man konnte aber wegen der vielen Sträucher nichts sehen. Dann hörte der Mann auf zu schreien, und es waren nur noch zwei Frauenstimmen zu hören. Ein paar Minuten später war schließlich Ruhe.«

»Aber das ist doch kein Grund, einen Mord zu vermuten«, meinte Klaus, der sich angesichts der ernsten Schilderung Lillys wieder beruhigt hatte.

»Ich denke, ich werde mich mal umsehen. Irgendwas stimmt da nicht.«

Jetzt war Gisela alarmiert.

»Aber Lilly, du kannst doch nicht einfach auf das

Grundstück gehen und dich umsehen.«

»Na, so plump bin ich ja nun auch nicht. Ich werde schon einen Grund finden. Gisela, vielleicht kannst du mir ja einen Leichenhund besorgen?«

Jetzt war es um Klaus geschehen. Er bekam erneut einen Lachanfall und konnte sich noch schnell vom Tisch abwenden, während er seinen Mundinhalt über das ganze Zimmer verteilte.

Am nächsten Morgen, als Gisela und Klaus zur Arbeit gefahren waren, sah Lilly, wie die beiden Nachbarinnen gegenüber wegfuhren. Kurz entschlossen machte sie sich auf den Weg in deren Garten. Sie schlug sich durch die Büsche. Alles sah ziemlich wild aus. Hinter den beiden Häusern waren etliche alte Obstbäume. Die müssten mal beschnitten werden, dachte Lily. Dann ein fürchterlicher Schrei und ein Geflatter. Lilly drehte sich erschrocken um. Sie hatte wohl einen Raben aufgeschreckt, der sich durch ihren Besuch gestört fühlte. Du albernes Federvieh, dachte sie, willst du mich umbringen? Unter einem herrlichen alten Apfelbaum fand sie schließlich, wonach sie gesucht hatte. Da war vor kurzem gegraben wurden. Auf einer Breite von einem und einer Länge von zwei Metern. Na, wenn das nicht das ist, wonach ich suche. Als sie wieder gehen wollte, fuhr das Auto der beiden Frauen vor. Lilly konnte sich gerade noch hinter einem Busch verstecken. Josefine rannte schnell ins Haus und kam gleich wieder zurück. Dann fuhr der Wagen wieder ab. Glück gehabt, dachte Lilly, deren Herz jetzt etwas schneller schlug.

Zurück auf dem Grundstück ihrer Freunde, sah sie nebenan Freddy Behrens, den Bruder des Polizisten. Der junge Mann machte einen netten Eindruck auf sie. Er winkte ihr freundlich zu und Lilly bat ihn, doch für einen Moment herüber zu kommen.

»Na, junger Mann, haben Sie Urlaub?«

»Nicht direkt. Es läuft zurzeit beruflich nicht so gut bei mir. Aber, was soll´s. Es kommen auch wieder bessere Zeiten.«

»Nun, vielleicht könnten Sie ja etwas für mich erledigen? Wenn Sie noch einen Kollegen organisieren, müsste der Job in einer Stunde zu schaffen sein. Ich zahle dafür zweihundert Euro.«

Jetzt bekam Freddy große Augen. Er hatte zuletzt Unmengen von Geld ausgegeben für die Marzipanherstellung. Und es hatte ihm nicht einen Cent eingebracht.

»Was wäre das denn für ein Job?«

Als es dunkel wurde, gingen Gisela und Klaus zu Bett. Lilly wollte draußen noch einen Rundgang machen, wie sie sagte. Aber sie traf sich mit Freddy in dessen Garten. Sein Bruder hatte Nachtdienst. Das war gut so. Sie hatten verabredet, dass einer aus der Segeberg-Connection bei Lia anrufen sollte, um sie und ihre Mutter aus dem Haus zu locken. Lilly hatte ihm genau aufgeschrieben, was er sagen sollte:

Ich habe gesehen, was Sie gemacht haben. Wenn Sie nicht wollen, dass man die zwei Leichen auf Ihrem Grundstück entdeckt, dann treffen Sie sich mit mir. Beide, Sie und Ihre Mutter. Und zwar in einer Stunde vor dem Hauptbahnhof in Lübeck. Wenn Sie nicht kommen, schicke ich die Polizei.

Als Lilly und Freddy die beiden Frauen laut debattierend ins Auto steigen sahen, wusste Lilly, dass sie angebissen hatten. Jetzt hatten sie etwa zwei Stunden Zeit, um nachzuschauen, was sich unter dem Apfelbaum verbarg. Zwei Minuten später kamen Freddys Freunde, mit

Schaufeln bewaffnet. Sie gingen alle auf das Grundstück. Lilly leuchtete mit der Taschenlampe.

»Was suchen wir hier eigentlich? Einen Goldschatz?«, wollte einer wissen.

»Nicht fragen, graben!«, war Lillys kurze Antwort.

Allmählich brach bei den jungen Männern der Schweiß aus, und als sie eine kurze Pause machen wollten, meinte Lilly:

»Das Arbeiten habt ihr auch nicht gerade erfunden.«

»Ich hoffe nur, dass wir hier nichts Ungesetzliches machen; mein Bruder bringt mich um«, sagte Freddy.

»Es gibt im Leben Dinge, die nun mal getan werden müssen. Wenn Ihr Bruder Sie umbringen will, dann sagen Sie mir Bescheid. Mit dem werde ich schon fertig.«

»Ich glaub, jetzt bin ich auf was gestoßen«, sagte Freddy, der die Erde unter sich nun vorsichtig mit den Händen entfernte.

»Verdammte Kiste, was ist das denn? Da ist ja ein Mensch! Natürlich, das ist der dicke Tim. Und darunter liegt noch was. Nein! Da liegt noch ein Toter unter ihm. Jetzt reicht´s.«

Mit einem Satz waren Freddy und sein Kumpel aus der Grube gesprungen. Der Dritte im Bunde stand neben Lilly und kriegte den Mund nicht mehr zu.

»Wir hauen jetzt ab.«

»Halt, Moment, ich muss euch noch bezahlen«.

Lilly holte ihren Geldbeutel aus der Jackentasche.

»Ich gebe euch dreihundert. Das war eine erfolgreiche Arbeit.«

Freddy nahm eilig das Geld, die beiden anderen die Schaufeln und rannten zum Auto. Sie wollten nur noch weg, während Lilly noch einmal sehr genau mit der Taschenlampe in die Grube leuchtete. Dann ging sie geruhsam nach drüben, zum Haus ihrer Freunde Gisela und Klaus. Tja, dachte sie, so leid es mir tut, aber ich werde euren Schlaf wohl stören müssen.

- 25 -

Als Josefine und ihre Tochter Lia aus Lübeck zurückkamen, wo sie vergeblich am Bahnhof gewartet hatten, fanden sie auf ihrem Grundstück etliche Menschen, die da nicht hingehörten. Neben Gisela und ihrem Chef Willy Jobst waren mehrere Kollegen der Spurensicherung emsig bei der Arbeit. Vier Leute von der Schutzpolizei sicherten das Grundstück und hielten auf der Straße Ausschau nach den beiden gesuchten Damen. Lia hielt an der Straße, weil ihre Einfahrt von Polizeiwagen blockiert war. Ganz entrüstet entstiegen die beiden Frauen ihrem Auto und Lia brüllte Hauptkommissar Willy Jobst an, der sie bereits erwartete:

»Was ist denn hier los? Ihr seid wohl verrückt geworden, auf unserem Grundstück rumzubuddeln! Das ist Hausfriedensbruch.«

»... und Störung der Totenruhe«, ergänzte Mutter Josefine.

»Moment mal«, mischte sich jetzt Gisela ein. »Immer der Reihe nach. Das ist Hauptkommissar Jobst, und ich bin Oberkommissarin Weniger, wie Sie ja vielleicht schon wissen. Ich nehme Sie vorläufig fest wegen des Verdachts, Ihre Ehemänner ermordet zu haben.«

»Verstehst du, was die dumme Pute will?«, fragte Josefine ihre Tochter.

»Nee, ich weiß nur, dass die sich mal lieber um ihren eigenen Kram kümmern soll, statt auf anderer Leute Grundstück Tote auszugraben.« Und an Gisela gewandt: »Was wir auf unserem Grundstück machen und wo wir unsere Männer beerdigen, das geht dich einen feuchten Dreck an. Macht euch gefälligst vom Acker!«

Das glaube ich jetzt nicht, dachte Gisela. So blöd kann

man doch gar nicht sein. Sie hatte schon so manche Provinzposse erlebt, aber das hier war einfach die Krönung. Wenn sie das ihrem alten Chef, Hauptkommissar Schneider, erzählen würde, der käme aus dem Staunen nicht mehr raus.

Willy ließ die beiden Beschuldigten in Untersuchungshaft bringen. Eine Vernehmung mitten in der Nacht, noch dazu in diesem aufgedrehten Zustand, in dem sich die beiden befanden, war Blödsinn. Aber das Fräulein Höschen werde ich mir noch vornehmen. Er ging mit Gisela zu ihrem Haus. Lilly saß ganz entspannt davor. Sie hatte sich einen Cognac eingeschenkt und einen Zigarillo angesteckt und schien die ganze Situation zu genießen. Willy stellte sich vor die alte Dame und sagte:

»Ich hab ja schon manches erlebt, aber dass eine Dame Ihres Alters, entschuldigung – nachts bei anderen Leuten im Garten Leichen ausgräbt, das ist für mich völlig neu. Ist das bei euch im Harz so üblich?«

»Nicht zwangsläufig«, gab Lilly zurück. »Ich hatte mal eine Gartenleiche, die saß anständigerweise auf der Bank, so dass es nicht mit so viel Mühe verbunden war. Aber in Schleswig-Holstein ist wohl alles etwas anders.«

»Wie sind Sie nur auf diese Idee gekommen? Sie hätten doch die Polizei informieren müssen.«

»Und wenn die Polizei einer alten Schachtel wie mir nicht glaubt?«, antwortete sie und richtete ihren Blick auf Gisela.

»Das haben Sie aber doch nicht alleine gemacht? Wer hat Ihnen geholfen?«

»Ich verstehe, dass Sie das gerne wissen möchten. Aber ich werde es Ihnen nicht sagen.«

»Lilly!«, rief jetzt Gisela.

»Fräulein Höschen, Sie müssen es sagen. Sie haben

diverse Gesetze gebrochen. Sie können in Teufels Küche kommen.«

»Ach, das ist ja interessant. Ich decke schwere Verbrechen auf und liefere die Leichen gleich mit. Und dann erdreisten Sie sich, mir zu drohen? Kümmern Sie sich lieber um Ihre Mörder, die ich Ihnen frei Haus geliefert habe.«

Jetzt fing Willy an, leise in sich hinein zu lachen. Dann kam auch noch Klaus vors Haus, der in seinen Boxershorts völlig verschlafen aussah und sich wunderte, was hier los war. Er hatte von der ganzen Aktion nichts mitbekommen und fragte nun ganz erstaunt:

»Könnte mir mal jemand sagen, was hier eigentlich los ist?«

Das Ergebnis der Vernehmung der beiden beschuldigten Damen war klar wie Kloßbrühe. Josefine behauptete, ihr Mann sei wohl in der Badewanne eingeschlafen und dann ertrunken. Sie hätte mit dem ganzen Kram nichts zu tun. Auf die Frage, warum sie keinen Arzt gerufen hatte, der einen Totenschein ausstellen musste, gab sie ganz lapidar zurück, dass sie schon selbst wisse, wann jemand tot sei. Außerdem wollte sie ihn an seinem Lieblingsplatz unter dem Apfelbaum begraben und über den Tod hinaus um sich haben.

Lia behauptete, dass ihr Mann nachts in die Grube gestürzt sei und sich das Genick gebrochen hatte. Und weil er nun mal schon da drin lag, konnte man auch alles gleich in einem Abwasch erledigen. Inwieweit die Damen beim Hinscheiden ihrer Gatten Hand angelegt hatten, würde die Obduktion erweisen.

Dann wurde Lilly noch einmal vernommen, die sich weiterhin standhaft weigerte, ihre Helfer zu nennen. Als Willys und Giselas Chef, Kriminaloberrat Speck, in das

Vernehmungszimmer kam, begrüßte er Lilly freundlich und sagte:

»Ich möchte mich bei Ihnen ausdrücklich bedanken, wie aufmerksam Sie waren. Allerdings hätten Sie die Leichen nicht selbst ausgraben müssen.«

»Tja, was tut man nicht alles, um der Gerechtigkeit auf die Beine zu helfen.«

»Naja, ich werde auch noch mit der Staatsanwältin reden müssen. Sie haben nun mal gewisse Gesetze verletzt, und ich möchte nicht, dass Sie noch Schwierigkeiten bekommen.«

»Ach wissen Sie, Staatsanwältinnen wie diese verspeise ich schon vor dem Frühstück. Wenn ich sonst keine Sorgen habe...«

Herr Speck lächelte Lilly an, dann wandte er sich an Gisela:

»Frau Weniger, ich muss schon sagen, dass ich hier im Laufe der Zeit schon einiges erlebt habe. Aber einen so fulminanten Einstand wie Sie hat hier noch keiner gegeben. Kaum sind Sie da, schleppen Sie gleich zwei Tötungsdelikte aus dem Harz hier an. Und dann werden von Ihrem Besuch in Ihrer Nachbarschaft Leichen ausgebuddelt, so ganz nebenbei und zufällig. Wenn das so weitergeht, werden sich wohl bald die Leichenberge in unserem schönen, friedlichen Land auftürmen.«

»Man tut, was man kann.«

- 26 -

Lilly war wieder nach Hause gefahren. Gisela machte sich natürlich Sorgen, dass sie diesen Jürgen Dickson immer noch nicht gefunden hatten. Aber er würde bestimmt nicht so blöd sein, noch einmal zu versuchen, Lilly nahe zu kommen. Denn die Kripo in Goslar war auf der Hut. Nur, ohne Dickson würde man auch Naujoks nicht an die Eier kriegen. Angesichts dieses Stillstands, gerade in diesem Fall, der Gisela so am Herzen lag, spürte sie, wie sich ihre Laune verschlechterte. Zu allem Überfluss war heute auch noch Achims letzter Arbeitstag vor dem Urlaub. In den nächsten drei Wochen war sie also nicht abkömmlich. Beim Frauenarzt war sie auch noch nicht gewesen. Bei Dienstschluss kam Achim dann auf die Idee, sie und Willy zu einem kleinen Umtrunk einzuladen. Also gingen sie in sein Lieblingslokal. Achim bedauerte noch einmal, dass er bei der »Aktion Gartenleichen« mangels Erreichbarkeit nicht dabei gewesen war.

»Sag mal, Gisela, was hast du eigentlich für einen Umgang? Du kriegst Besuch von einer alten Dame, die von Mördern verfolgt wird. Das allein reicht ja schon. Und dann geht diese Oma mal eben in Nachbars Garten und gräbt ein paar Leichen aus.«

»Mein lieber Achim, der letzte Mann, der meine Freundin Lilly Oma genannt hat, dem hat sie eine geknallt. Und anschließend hat sie ihn die Treppe runtergeworfen. Also sei vorsichtig, was du sagst.«

Die drei Kollegen lachten sich kaputt. Als sie dann auch noch von den alten Fällen erzählte, in die Lilly verwickelt gewesen war, war es ganz aus.

Vergnügt fuhr Gisela nach Hause. Ihre Laune hatte sich gebessert. Sie war froh, dass sie sich nach den

Anfangsschwierigkeiten gut hatte integrieren können. Auch ihr großer Chef, der Kriminaloberrat, war ihr ganz offensichtlich wohl gesonnen. Und mit Klaus lief es noch besser, seitdem er erfahren hatte, dass er Vater wird. Trotz Trauschein. Nur mit der Tatsache, dass sie Mutter wurde, konnte sie noch nichts anfangen. Na gut, nächste Woche gehe ich zum Arzt. Und dann werde ich mich schon daran gewöhnen. Nur, bevor ich Willy was sage, will ich erst diesen verdammten Fall Dickson/Naujoks lösen. Hoffentlich habe ich bis dahin nicht schon einen dicken Bauch.

So hoffnungslos und einsam hatte sich Jürgen Dickson noch nie gefühlt. Er wurde gesucht. Und da sein Autokennzeichen auch auf der Liste stand, war er weitgehend unbeweglich. Jeder Polizist würde sich eine Rostocker Nummer genauer ansehen und ihn dann identifizieren. Also ließ er das Auto auf dem Hof der Pension stehen und machte sich zu Fuß oder per Taxi auf den Weg, wenn ihm in seinem Zimmer in Bad Sachsa die Decke auf den Kopf fiel. Er brauchte schleunigst einen neuen Wagen. Zum Glück war Peter Naujoks im Moment zugänglich und in guter Stimmung. Er hatte die Idee, ein kleines, unauffälliges Fahrzeug mit Hamburger Kennzeichen für ihn zu kaufen und diesen selbst nach Hamburg zu bringen, wo sie sich treffen würden. Das Problem war nur sein altes Auto. Jeder Kilometer, den er damit fuhr, war wie der Tanz auf dem Vulkan. Er hatte auch keine Ahnung, wie er ihn entsorgen sollte.

Peter Naujoks kam mit dem Zug aus Hamburg zurück. Er hatte Jürgen den Wagen gebracht, dazu einen Batzen Bargeld und ihn angewiesen, erst mal ins benachbarte Ausland zu fahren. Wenn er weitere Verwendung für ihn hatte, würde er sich bei ihm melden. Im Moment wollte er jedenfalls nichts mit ihm zu tun haben. Aus den Augen, aus dem Sinn. Seine Laune stieg. Die Polizei, diese kleine Tussi mit dem Bubi-Haarschnitt und der bullige Hauptkommissar, waren abgeblitzt. Jürgen, der Einzige, der ihm eventuell gefährlich werden könnte, war untergetaucht. In zwei Tagen stand der urologische Eingriff beim Professor bevor. Der hatte ihm glücklicherweise jede Angst genommen. Toll, bring mal alles bei mir in Ordnung, Penisnase. Und danach kannst du dann in den verdienten Ruhestand treten. Ich habe schon einen prima Ersatz für dich. Nun sagte er zu sich selbst, dass er sich eine Belohnung verdient hatte: Rosemarie, es ist soweit.

Chefärztin Rosemarie Ahrens hatte schnell Gefallen gefunden an ihrer neuen Aufgabe. Auch, wenn sie mehr und mehr mit Patienten zu tun hatte, die aus medizinischer Sicht nicht in eine Klinik gehörten, war sie doch in ihrem Element. Das Team war prima, und mit dem medizinischen Direktor, Professor Mangeler, hatte sie sich schnell angefreundet. Sie saß in ihrem schicken Büro und sah einige Unterlagen durch, als ihre Sekretärin ihr ein Gespräch durchstellte.

»Ja, hier ist Peter Naujoks. Grüß dich, Rosemarie. Ich hoffe, ich störe nicht.«

»Wenn du mich störst, drücke ich das Gespräch einfach weg.«

Er ging gar nicht weiter darauf ein, weil er nicht wusste, ob das scherzhaft oder ablehnend gemeint war.

»Rosemarie, wir stehen vor einem großen Durchbruch. Eine bedeutende amerikanische Klinik will mit uns zusammenarbeiten. Die wollen uns die Patienten schicken, die nicht extra nach Amerika reisen wollen. Ich habe heute Abend Besuch von den Leuten, die ich privat empfangen muss. Es wäre natürlich gut, wenn meine Chefärztin auch anwesend ist. Kannst du das einrichten? Sagen wir, so gegen acht Uhr?«

»Wäre es nicht besser, sich in der Klinik zu treffen? Zum Beispiel im Wintergarten.«

»Eine Klinikbesichtigung steht natürlich auch auf dem Programm. Aber zunächst mal muss man auf privater Ebene mit den Leuten zurechtkommen. Genau das ist mein Erfolgsrezept. Und mir kann sicherlich niemand vorwerfen, dass ich bisher nicht erfolgreich war.«

Rosemarie war nicht wohl bei dem Gedanken, mit Peter Naujoks eine engere Verbindung zu pflegen als unbedingt nötig. Irgendetwas sperrte sich in ihr. Sie wollte sein Haus nicht betreten. Auf der anderen Seite war es völlig normal, besondere Gäste privat zu empfangen. Widerwillig sagte sie zu. Gegen sechs Uhr verließ sie die Klinik, um sich zurechtzumachen, sich schick anzuziehen und geistig auf den Abend vorzubereiten. Pünktlich um acht Uhr parkte sie ihren Wagen vor dem protzigen Haus von Peter Naujoks in Travemünde. Und das Verhängnis nahm seinen Lauf.

- 27 -

Als Rosemarie Ahrens gegen Mitternacht wieder in ihrem Auto saß, war sie wie paralysiert. Ihre Wut war längst aufgebraucht, ihre panische Angst wie weggeblasen, ihr Ekel tief in ihre Psyche abgesunken. Sie war jetzt nur noch von einem Gefühl beseelt: Hass. Und das einzige Ventil für Hass ist Rache. Ihr schlimmstes Trauma war Wirklichkeit geworden. Er hatte es wieder getan. Diesmal viel schlimmer als vor dreißig Jahren. Jetzt konnte kein Arzt mehr helfen, kein Psychologe, keine Polizei. Und kein Gericht der Welt wäre in der Lage, Gerechtigkeit zu schaffen. Sie war so versunken, dass sie gar nicht merkte, wo sie hinfuhr. Irgendwann stellte sie zu ihrem Erstaunen fest, dass sie auf ihrem Parkplatz vor der Klinik stand. Sie stieg aus und betrat das Gebäude. Die Dame am Empfang sagte ganz erstaunt:

»Nanu, Frau Dr. Ahrens, haben Sie einen Notfall?«

Rosemarie reagierte nicht, weil sie die Frau gar nicht wahrnahm. Sie fuhr mit dem Lift in den zweiten Stock. Auf dem Gang vor ihrem Büro begegnete sie Professor Mangeler, der sofort merkte, dass sie sich in einem erbärmlichen Zustand befand.

»Frau Ahrens, um Himmels Willen, ist was passiert? Hatten Sie einen Unfall?«

Als sie nicht reagierte, nahm er sie bei den Schultern und sagte noch einmal sehr eindringlich und einfühlsam:

»Frau Ahrens, was ist los? Lassen Sie mich Ihnen helfen.«

Dann brach sie in Tränen aus. Der Professor stützte sie, um sie in ihr Büro zu begleiten. Dort half er ihr, sich auf das Ledersofa zu legen, holte ein Glas Wasser. und setzte sich zu ihr auf die Sofakante.

»Und jetzt erzählen Sie. Bitte.«

Und sie erzählte. Zunächst einmal die Vorgeschichte, was vor dreißig Jahren passiert war. Wie sie es geschafft hatte, dieses Erlebnis zu überwinden. Wie sie Ärztin wurde.

»Und dann bekam ich diese Stelle als Chefärztin und dachte, jetzt hast du alles erreicht, was du dir vorgenommen hast. Und ein paar Tage später musste ich dann feststellen, dass alles ins Wanken geriet. Er war wieder in mein Leben getreten. Aber auch damit wurde ich fertig. Und heute Nachmittag rief er mich dann an. Ich sollte zu ihm nach Hause kommen, um an einer wichtigen geschäftlichen Besprechung teilzunehmen. Partner aus Amerika seien da. Also fuhr ich völlig arglos hin. Ich hatte schon so ein komisches Gefühl, als er mir die Tür öffnete. Dann stellte er mir seine angeblichen Gäste aus Amerika vor. Einen Mann um die dreißig, und der andere war vielleicht Mitte vierzig. Unangenehme Typen. Mir wurde schnell klar, dass es um etwas anderes ging als ums Geschäft. Es gab erste sexuelle Anzüglichkeiten. Als ich einfach aufstand, um zu gehen, hielten mich die beiden fest.«

Rosemarie erzählte, wie sie von den beiden Typen auf das Übelste vergewaltigt worden war. Sie beschrieb Professor Mangeler jedes Detail. Und das war mehr, als er ertragen konnte. Aber er wusste auch, dass er sie reden lassen musste. Je mehr sie jetzt aussprach, desto weniger würde auf ihrer Seele lasten.

»Und Peter, dieses Schwein, schaute einfach nur kaltlächelnd zu und befummelte sich selbst. Als sie fertig waren und nicht mehr konnten, bedankte er sich höflich bei mir für den netten Abend. Und falls ich auf die Idee kommen sollte, zur Polizei zu gehen, würden alle drei behaupten, dass es sich um eine einvernehmliche Sache gehandelt habe. Wie schön, meinte er, dass es Frauen gäbe, die gern etwas hart angefasst werden wollen. Ich kroch auf allen Vieren, suchte meine Sachen zusammen und machte mich aus dem Staub. Und jetzt bin ich hier.«

Der Professor hatte Schwierigkeiten, mit fester Stimme zu sprechen.

»Frau Ahrens, Rosemarie, wir sollten Sie jetzt erst mal in ein Krankenhaus zu einem Gynäkologen bringen, um Sie unter...«

»Nein. Ich will keine Untersuchung und keine Polizei. Mein Wort gegen das der drei Vergewaltiger zählt nicht. Ich werde es auf meine Weise regeln.«

»Aber damit darf er nicht durchkommen.«

»Das wird er nicht. Diesmal nicht. Ich sagte ja, ich werde es auf meine Weise regeln. Ich werde ihn umbringen. Oder kastrieren. Mit meinen eigenen Händen.«

Professor Mangeler schaute sie an, ohne sie zu sehen. Sein Blick war auf morgen gerichtet.

Am nächsten Morgen war Peter Naujoks in bester Stimmung. Er hatte es geschafft. Endlich hatte er es diesem Miststück Rosemarie Ahrens gezeigt. Dass sie nicht zur Polizei gehen würde, war ihm völlig klar. Wahrscheinlich hatte sie ihre Sachen gepackt und war aus der Klinik verschwunden. Kein Problem. Als er sich in der Klinik erkundigte, ob sich Frau Dr. Ahrens krank gemeldet oder gekündigt hatte, war er allerdings erstaunt, dass sie ganz normal ihren Dienst versah. Das hatte er ihr nicht zugetraut. War sie wirklich so hart im Nehmen geworden, fragte er sich und musste aufgrund der Doppeldeutigkeit in sich hinein schmunzeln. Oder bedeutete ihr die Stelle als Chefärztin so viel, dass sie diesen Preis zu zahlen bereit war? Na, umso besser. Dann können wir das von gestern

Abend ja gelegentlich wiederholen. In seiner euphorischen Stimmung war er nun der Meinung, dass ihm keiner was konnte. Warum sollte er nun nicht auch die Sache mit Lilly Höschen in Angriff nehmen? Er konnte doch diesen Idioten Jürgen Dickson nicht ständig weiter finanzieren, ohne eine Gegenleistung zu erhalten. Also fuhr er zu einer Telefonzelle und rief ihn an, um ihm seine Instruktionen zu geben.

Als Jürgen den Anruf bekam, war er gerade in Holland. Er hörte sich an, was Peter zu sagen hatte, war aber innerlich nicht bereit, es zu tun. Ob die Kripo den Fall nun weiter verfolgte oder nicht, er wurde nach wie vor gesucht. Das Risiko war groß. Außerdem hatte er einfach keine Lust mehr auf diesen ganzen Scheiß. Er wollte weg und neu anfangen. Irgendwo hin, wo ihn keiner kannte. Aber dafür brauchte er ein gewisses Startkapital. Jürgen hatte ihm hunderttausend Euro zugesagt, wenn die Sache erledigt war. Bis jetzt hatte er sich immer an seine Versprechungen gehalten. Also willigte er ein, warf sein Handy weg, das inzwischen sicherlich zu heiß geworden war. Er würde Jürgen nach getaner Arbeit von einer Telefonzelle aus anrufen, das Geld in Empfang nehmen und sich dann endgültig absetzen. Aber das brauchte Peter natürlich nicht zu wissen.

»Aber Gisela, gönnt euch doch wenigstens mal ein Wochenende. Ihr seid herzlich willkommen. Und dann rufe ich Amadeus und Marie an. Und wenn das Wetter mitspielt, setzen wir uns in den Garten und grillen. So, wie in alten Zeiten.«

»Herzlich gerne, Lilly. Ich kläre ab, dass ich an einem Wochenende keinen Bereitschaftsdienst habe. Und dann schnappe ich Klaus, und wir kommen für zwei Tage in den herrlichen Harz.«

Gisela hatte vom Büro aus mit Lilly telefoniert. Und Willy hatte mitbekommen, mit wem sie gesprochen hatte. Als sie zu seinem Schreibtisch kam, um ihn wegen des Wochenendes zu fragen, schaute er nur hoch und sagte:

»Genehmigt.«

Dann versank er wieder in seinen Akten.

»Danke, Chef.«

»Da nicht für. Und grüß mir das Fräulein Lilly sehr herzlich, diesen alten Satansbraten.«

»Ich werde es ihr ausrichten.«

»Kommt hier her und gräbt unsere Leichen aus«, sagte er mehr zu sich selbst.

»So ist sie nun mal.«

Im Laufe des Vormittags kam die Nachricht herein, dass der Wagen von Jürgen Dickson gefunden worden war. Und zwar in einem Parkhaus in Hamburg.

»Das heißt also, dass er vor vier Tagen in Hamburg war«, sagte Willy.

»Tja«, erwiderte Gisela«, »aber inzwischen könnte er überall sein. Er wollte den Wagen nur loswerden, weil er ihm zu heiß war. Und dann hat er Hamburg bestimmt verlassen. Aber womit? Entweder mit der Bahn oder mit einem anderen Auto. Und wo hat er das andere Auto her?«

»Peter Naujoks«, schoss es aus Gisela heraus.

»Okay. Wir setzen eine Assistentin dran, dass sie den gesamten Fuhrpark von Naujoks, Klinik und privat, durchleuchtet. Und sie soll sich jedes Fahrzeug ansehen, ob es auch tatsächlich da ist.«

»Gute Idee, Chef.«

»Wenn er allerdings mit dem Zug gereist ist, nutzt uns das aber auch nichts. Bei dem Trubel auf den Hamburger Bahnhöfen wird sich bestimmt niemand an einen Typen erinnern, der vor ein paar Tagen mal da war.«

»Einen Versuch ist es wert.«

Nach einer halben Stunde lag ihnen die Liste sämtlicher Fahrzeuge vor, die auf den Namen des Naujokschen Unternehmens angemeldet waren. Darunter auch ein gebrauchter Golf, der erst vor fünf Tagen angemeldet worden war. Und zwar als einziges Fahrzeug mit einem Hamburger Kennzeichen. Dies war möglich, weil das Unternehmen auch ein Büro in Hamburg unterhielt. Nun machten sich die zwei jungen Assistentinnen auf den Weg, um sämtliche Fahrzeuge in Augenschein zu nehmen.

Nach Willys Weisung sollten sie sich zuerst das in Hamburg gemeldete Auto ansehen. Die Hauptverwaltung in Lübeck wusste nicht, wo sich das Fahrzeug befand. Ein Anruf in Hamburg ergab, dass die dortige Büroleiterin ebenfalls nicht wusste, wo das Auto war. Sie hatte lediglich Fahrzeugbrief und Kaufvertrag abgeheftet und wollte sich bei Herrn Dr. Naujoks nach dem Verbleib des Wagens erkundigen.

»Das ist nicht nötig«, sagte Gisela, »ich werde Herrn

Naujoks selbst danach fragen.«

Dann machten Gisela und Willy sich auf den Weg zur Hauptverwaltung des Naujokschen Unternehmens. In seinem Büro empfing Peter Naujoks den Hauptkommissar und die Oberkommissarin freundlich wie immer. Offenbar waren Freundlichkeit und gute Laune bei diesem Herrn fest einprogrammiert. Zumindest in der Fassade, dachte Gisela, die dann auch gleich loslegte:

»Herr Dr. Naujoks, Sie haben vor ein paar Tagen einen gebrauchten Golf in Hamburg gekauft. Und wir wüssten gern, wo sich dieses Fahrzeug befindet.«

Für eine Sekunde zeigte sein Gesicht, dass ihm diese Frage höchst unangenehm war. Dann fing er sich aber sofort wieder und entgegnete fragend:

»Warum, um Himmels Willen, interessieren Sie sich denn für den Fuhrpark meines Unternehmens? Wir haben so viele Autos, und zwar an allen Standorten. Woher soll ich wissen, welches Auto sich gerade wo befindet und von welchem Mitarbeiter gefahren wird?«

»Im Moment interessieren wir uns nicht für Ihren gesamten Fuhrpark, sondern nur für dieses eine Auto. Sie persönlich haben es gekauft. Also werden Sie uns doch wohl sagen können, für welchen Mitarbeiter es bestimmt ist.«

»Für keinen bestimmten. Es ist nur nötig, dass sich an unserem Standort Hamburg ein Wagen befindet, damit man beweglich ist. Die dortige Büroleiterin kann ihn benutzen, ich kann ihn benutzen, wenn ich da bin. Jeder, der gerade da ist und beweglich sein muss, kann mit ihm fahren.«

»Prima. Uns interessiert, wo sich der Wagen jetzt, in diesem Augenblick, befindet. Ihre Büroleiterin hat keine Ahnung. Sie hat den Wagen nie gesehen, und sie hat auch nicht die Autoschlüssel. Also, wo ist der Wagen?«

»Mein Gott, was denken Sie eigentlich, wer ich bin? Ich leite ein nicht ganz kleines Unternehmen mit diversen Niederlassungen, Glauben Sie, ich weiß jederzeit, wo sich welches unserer Fahrzeuge befindet?«

»Offenbar weiß niemand in Ihrem Unternehmen, wo es sich befindet. Niemand außer Ihnen. Ich will Ihnen sagen, wo das Auto ist. Es ist genau da, wo sich Ihr Mitarbeiter Jürgen Dickson befindet.«

»Das ist ja absurd. Ich habe keine Ahnung, wo Herr Dickson sich gerade herumtreibt. Ich hatte Ihnen bereits gesagt, dass er Urlaub hat. Außerdem hat er einen eigenen Wagen.«

»Ich bin überzeugt, dass Sie wissen, dass Herr Dickson seinen Wagen in einem Hamburger Parkhaus entsorgt hat, weil dieser natürlich gesucht wurde. Und jetzt wurde er gefunden. Daher liegt der Schluss nahe, dass Sie extra für ihn besagten Gebrauchtwagen besorgt haben.«

»Sie mutmaßen also, dass ich Herrn Dickson zur Flucht verhelfe? Das ist ein ziemlich starker Tobak. Warum sollte ich das tun?«

»Herr Naujoks, ich habe keine Lust, so dämliche Fragen zu beantworten. Ich rate Ihnen nur, den Wagen schnellstens aufzufinden. Andernfalls gehen wir davon aus, dass Sie an den Verbrechen, die wir Herrn Dickson vorwerfen, maßgeblich beteiligt sind.«

Willy sah Gisela angesichts ihrer scharfen Bemerkung und ihres krassen Tonfalls mit einem etwas missfälligen Blick an und schaltete sich nun ein:

»Herr Dr. Naujoks, wir geben Ihnen Zeit bis morgen früh, uns das Fahrzeug vorzuführen. Wenn es bis dahin nicht auffindbar ist, setzen wir die Staatsanwaltschaft davon in Kenntnis.«

»Ich lasse mich von Ihnen nicht unter Druck setzen.

Ab sofort können Sie sich mit meinem Anwalt unterhalten, den Sie ja bereits kennengelernt haben. Ich begebe mich morgen früh zu einer Operation in die Klinik und nicht auf Autosuche. Wenn Sie mich jetzt bitte entschuldigen würden.«

Kaum hatten sie das Zimmer verlassen, quetschte Gisela zwischen ihren Zähnen ein *arrogantes Arschloch!* heraus und Willy sagte lächelnd:

»Offenbar sind solche Kraftausdrücke bei euch in den Harzer Bergen üblich. Hierzulande muss man etwas vorsichtiger sein, sonst wird man schon mal wegen Beleidigung angezeigt.«

»Ich will, dass dem Kerl der Arsch auf Grundeis geht«, sagte sie dann im Lift.

»Das hast du zweifellos erreicht.«

Peter Naujoks wusste wirklich nicht mehr, wie er aus dieser Schose herauskommen sollte. Er würde seinem Anwalt einfach sagen, dass er den Wagen als gestohlen melden sollte. Allerdings bekam er jetzt auch ein schlechtes Gefühl, was die Aktivität von Jürgen Dickson anging. Er beschloss, ihn anzurufen, dass er die Sache mit Lilly Höschen stoppt. Offenbar war diese kleine Kommissarin mit dem Bubikopf doch intensiver mit der Sache befasst, als er angenommen hatte. Und, verdammt, wenn sie den Golf bei Jürgen finden würden, war er dran.

- 29 -

Am nächsten Morgen fand sich Naujoks in der Klinik ein. Er hatte ein schlechtes Gefühl, weil er Jürgen Dickson nicht erreicht hatte. Dessen Handy war tot. Sein Anwalt würde sich kümmern, wenn das LKA nicht locker lies. Er musste jetzt erst mal diese dämliche Operation hinter sich bringen. Ein freundlich lächelnder Professor Mangeler empfing ihn in seinem Büro.

»Na, Herr Naujoks, Sie schauen aber missmutig drein. Wir haben doch alles besprochen. Es wird schon gutgehen.«

»Sie müssen ja auch nicht an sich rumschnippeln lassen. Außerdem habe ich auch noch andere Sorgen. Ich kann mich nicht einfach in die Klinik legen und hoffen, dass der Laden läuft.«

Dafür, dass dein Schicksal in meinen Händen liegt, bist du aber ziemlich patzig, dachte Mangeler und redete freundlich weiter:

»Sie müssten mir bitte noch unterschreiben, was wir besprochen haben, dass ich Sie auf die Risiken...«

Weiter kam er nicht. Er riss Mangeler die zusammengehefteten Papiere aus der Hand, schnappte sich einen Stift und unterschrieb.

»Gut. Die Schwester macht Sie dann für den Eingriff fertig.«

Wenn der wüsste, was er da unterschrieben hat, würde er schreien und toben, dachte der Professor, während die Schwester hereinkam, um Naujoks abzuholen.

»Und du meinst wirklich, dass ich heute Nachmittag ins Wochenende gehen kann, Willy? Ich meine, jetzt wo Achim im Urlaub ist«, fragte Gisela ihren Chef.

»Nun mach dir mal nicht ins Hemd. Wenn wirklich was los sein sollte, habe ich immer noch die zwei Assistentinnen. Und wenn Lübeck an diesem Wochenende von einer Mord- und Totschlagepidemie heimgesucht werden sollte, muss ich halt auf Kollegen aus anderen Bereichen zurückgreifen. Du hast hier in letzter Zeit genug Unruhe gestiftet. Ich bin froh, wenn ich dich mal ein paar Tage außer Reichweite habe.«

Es war Freitag. Gisela würde heute mit Klaus in den Harz fahren. Sie freute sich, auch wenn ihr die Sache Naujoks/Dickson unter den Nägeln brannte. Aber konkrete Ansätze, die ihre Anwesenheit erforderten, hatte sie ja nicht. Das könnte bis Montag warten. Dann würde sie sich Naujoks noch mal vorknöpfen, notfalls auch in der Klinik.

Lilly war heute ganz aus dem Häuschen. Endlich mal wieder Besuch. Gisela und Klaus, dazu ihr Großneffe Amadeus mit seiner Frau. Und natürlich Eddy, ihr Freund, der auch in Lautenthal lebte. Sie liebte es, wenn Leben in die Bude kam. Ruhe kann ich haben, wenn ich tot bin, sagte sie sich immer. Sie stand im Esszimmer, als gerade die Wanduhr zweimal schlug. Oh, vierzehn Uhr schon. Dieses alte Faktotum geht mir auch allmählich auf die Nerven. Eigentlich habe ich dieses Ding nie gemocht. Die steht hier nur aus Gewohnheit herum. Onkel Paul hing daran. Aber der ist schon lange tot. Außerdem ist der Fuß schon seit Ewigkeiten kaputt, weshalb dieses Zweimeter-Monstrum recht wackelig ist. Ich habe keine Lust mehr, sie reparieren zu lassen. Am besten frage ich mal Amadeus, ob er sie haben will. Der freut sich über solch eine Antiquität, und ich habe ein Problem weniger. Jetzt muss ich mich aber sputen. Schnell losfahren, einkaufen, und gegen Abend kommt mein Besuch.

Zur gleichen Zeit kamen in Lübeck Professor Mangeler und sein Oberarzt Dr. Curth aus dem Operationssaal.

»Ich bin nun auch schon ziemlich lange dabei, aber so einen Fall habe ich noch nicht gehabt«, sagte Dr. Curth zu seinem Chef.

»Tja, im Normalfall lässt man sich ja auch nicht so gern an die Nüsse gehen«, antwortete Mangeler und beide lachten.

»Nur, wenn man so veranlagt ist, was bleibt einem da anderes übrig? Entweder man entscheidet sich so und hat Ruhe. Oder man lässt alles, wie es ist. Und dann ist man ein unberechenbarer Vulkan, der immer wieder ausbrechen kann und landet irgendwann im Knast.«

»Wissen Sie denn, ob er es mal mit Psychotherapie versucht hat?«, fragte Curth.

»Solche Leute gehen nicht zum Seelenklempner. Außerdem bin ich überzeugt, dass es auch nicht den gewünschte Erfolg bringen würde.«

»Naja, dann hoffen wir mal, dass der Patient jetzt Ruhe hat. Und damit auch seine Opfer.«

- 30 -

Jürgen Dickson hatte herausgefunden, dass Lilly zu Hause war. Er fürchtete allerdings, dass sie ihn nicht hereinlassen würde. Denn die tragischen Todesfälle ihrer beiden Kollegen dürften die alte Hexe misstrauisch gemacht haben. Am besten, die Alte geht mal aus dem Haus, dachte er. Ich komme schon irgendwie rein. Und wenn sie dann wiederkommt, begrüße ich sie. Der Überraschungseffekt ist sowieso nicht zu toppen. Seit einer halben Stunde parkte er nun hier vor Lillys Haus am Berg. Irgendwann musste sie doch mal rauskommen. Er mahnte sich zur Geduld. Und nach einer weiteren Stunde wurde er belohnt. Sie kam aus dem Haus, öffnete das Garagentor und bestieg einen alten BMW. Ganz vorsichtig fuhr sie aus der engen Ausfahrt heraus die Straße hinunter.

Das Einkaufen hatte doch mehr Zeit in Anspruch genommen als eingeplant. Zuerst zum Supermarkt nach Goslar, dann noch in Lautenthal beim Schlachter etwas zum Grillen geholt. Meine Güte, schon sechzehn Uhr. In ein bis zwei Stunden kommt sicherlich schon mein Besuch. Und ich alte Schatulle trödel so lange herum. Die Getränkekisten lasse ich im Auto. Die kann Amadeus später in den Garten tragen. Das Trockeneis auch. Ich muss nur noch Salate machen. Schwer bepackt ging Lilly die Treppe in ihrem Haus hoch. Hanglage ist ja gut und schön, dachte sie, aber dieses Treppensteigen mit samt der Schlepperei ist ganz schön anstrengend. Sie wuchtete die beiden Taschen auf den Küchentisch und ging noch mal runter, um den Rest zu holen. Dann ging sie von der Küche ins Esszimmer und bekam einen Riesenschreck. Das saß ein Mann an ihrem Esszimmertisch.

»Guten Tag, Fräulein Hös-chen.«

Er hatte nicht Höschen gesagt, sondern Hös-chen. Das hieß, dass er sie kannte und es darauf anlegte, sie zu beleidigen.

»Sind Sie wahnsinnig! Was erlauben Sie sich! Wer sind Sie, und wie kommen Sie hier herein?«

»Das sind aber ziemlich viele Fragen auf einmal. Setzen Sie sich erst mal hin.«

»Verschwinden Sie oder ich rufe die Polizei.«

»Ach, Hös-chen, Sie haben sich gar nicht verändert. Immer noch die große Klappe, immer noch Befehle geben. Nur, heute sind Sie nicht in der Lage, sich durchzusetzen. Heute erteile ich mal die Befehle.« Dann brüllte er aus Leibeskräften:

»Setz dich gefälligst auf den Arsch, du alte Schachtel!«

Lilly bekam den Mund nicht mehr zu. In ihrem ganzen Leben hatte noch niemand es gewagt, sie derart anzuschreien. Aus einer Mischung aus Verwunderung und Neugier setze sie sich ihm gegenüber an die breite Seite des Tisches.

»So, Hös-chen, und jetzt reden wir Tacheles. Ich habe Ihnen etwas mitgebracht. In Ihrem Alter sollte man auf die Gesundheit achten. Deshalb gebe ich Ihnen jetzt drei Pillen. Eine rote, eine blaue – und, weil Sie es sind, auch noch eine grüne. Bei Ihrer Kollegin Elinor haben schon eine rote und eine blaue gereicht, um sie glücklich zu machen.«

Er schob ihr die Pillen über den Tisch. Jetzt war Lilly klar, wen sie da vor sich hatte und sie sagte:

»Jürgen Schmer, dass aus dir nie etwas werden würde, war mir schon vor dreißig Jahren klar. Du bist der geborene Taugenichts. Dass du dich allerdings zum Mörder entwickeln würdest, hätte ich nicht gedacht. Aber deine Selbstüberschätzung bricht dir das Genick. Friss deine Pillen gefälligst selbst!«

Er setzte ein gezwungenes Lächeln auf und konterte: »Das wollen wir doch mal sehen.«

Dann zog er eine Pistole aus der Jackettasche und richtete sie auf Lilly. Mit der anderen Hand schob er die drei Pillen noch ein Stück weiter zu Lilly. Jetzt sah sie, dass er ihre Cognacflasche neben sich stehen hatte und dazu ein Wasserglas. Er schenkte das Glas voll und schob es ebenfalls in Lillys Richtung.

»Jürgen Schmer, ich werde weder Pillen nehmen noch Alkohol am helllichten Tag trinken. Vielleicht solltest du dir das Zeug selbst reinziehen. Dann kriegst du nämlich nicht mit, was hier gleich passieren wird.«

»Oh, ich weiß ganz genau, was passieren wird. Sie werden sich gleich sehr wohl fühlen. Besser als je zuvor.«

»Da kannst du Recht haben. Die Polizei wird nämlich gleich hier sein und dich für sehr lange Zeit wegsperren. Und anschließend steigt hier eine große Fete. Da werde ich dann auch Alkohol trinken, um darauf anzustoßen, dass du aus dem Verkehr gezogen wirst.«

Jetzt fing Jürgen haltlos an zu lachen. Die Schlagfertigkeit der alten Dame amüsierte ihn. Nichts desto trotz musste er nun aber handeln, die Sache hinter sich bringen. Daher wurde er ernst.

»Ich sage Ihnen noch einmal im Guten: Nehmen Sie die Pillen und saufen Sie endlich das Glas leer!«

Natürlich war Lilly ziemlich mulmig zumute. Wenn sie Glück hatte, würde ihr Besuch bald kommen. Aber ebenso gut konnte es auch noch ein bis zwei Stunden dauern. Sie beschloss, ruhig zu bleiben, auf keinen Fall hysterisch zu werden oder Schwäche zu zeigen. Sie glaubte auch nicht ernsthaft daran, dass er schießen würde. Also ignorierte sie seine derben Worte, erhob sich von ihrem Stuhl und ging um den Tisch herum auf Jürgen zu, während sie ganz lässig sagte:

»Ich hole mir erst mal ein Glas Wasser. Den Schnaps kannst du selbst trinken.«

Jetzt wurde es ihm zu bunt. Warum nahm die alte Hexe ihn nicht ernst? Als sie an ihm vorbei gehen wollte, packte er sie am Arm. In einem Reflex griff sie nach der Standuhr, gelangte mit der Hand dahinter und wurde im selben Moment von Jürgen zurückgezogen. Die monströse Uhr kippte angesichts des lockeren Fußes um und Lilly dachte schon, sie würde erschlagen werden. Aber sie landete mit einem gewaltigen Gong auf Jürgens rechter Schulter. Die Pistole flog über den Tisch und dann auf den Boden. Jürgen schrie auf, die Uhr rutschte weiter auf den Boden und gab einen weiteren Gong von sich. Offenbar war Jürgen so verletzt und benommen, dass er nicht aufstehen konnte. Er lag nun ausgestreckt mit dem Oberkörper auf dem Tisch.

Mein Gott, was mach ich denn nun?, dachte Lilly. Im Fernsehen holt man immer Klebeband, um die Verbrecher zu fesseln. Also ging sie zwei Schritte weiter zur Vitrine und holte eine Rolle Packband aus der Schublade. Jürgen war immer noch außer Gefecht und stöhnte vor sich hin, als sie eiligst anfing, das Klebeband um seine Arme zu wickeln, dann weiter um den Stuhl, dann um seine Beine und wieder um den Stuhl. Nach einer Minute sah er aus wie eine erbärmlich zugerichtete Mumie, die unaufhörlich Verwünschungen und allerlei Kraftausdrücke von sich gab. Lilly war mit ihren Kräften am Ende. Sie setzte sich Jürgen gegenüber und trank von dem Cognac, den er vorhin eingeschenkt hatte. Auf wundersame Weise war das Glas bei der Aktion nicht zu Bruch gegangen. Sie nahm das Telefon und rief Kommissar Schneider von der Kripo Goslar an:

»Ja, hier ist Lilly Höschen. Es wäre nett, wenn Sie mal

vorbeischauen könnten. Ich habe nämlich Jürgen Schmer hier abholbereit verpackt am Tisch sitzen. Er wollte mich gerade umbringen.«

»Fräulein Höschen, um Gottes Willen! Was ist passiert? Geht es Ihnen gut?«

»Also für Erklärungen fehlt mir im Moment die Muße. Er ist jetzt außer Gefecht, und seine Pistole muss hier auch noch irgendwo rumliegen «.

Hauptkommissar Schneider war einiges von Lilly gewöhnt. Aber nun machte er sich doch ernsthafte Sorgen. Er brüllte in den Hörer:

»Wir sind gleich da. Bleiben Sie ganz ruhig.«

Als sie aufgelegt hatte, sagte sie zu sich selbst:

»Dass die Leute immer so brüllen müssen, wenn sie mit älteren Menschen reden. Ich soll ruhig bleiben. Hoffentlich bleibt er ruhig. Nicht, dass er noch gegen einen Baum fährt.«

In dem Moment hielten zwei Autos vor Lillys Haus. Amadeus und Marie saßen in dem einen, Gisela und Klaus in dem anderen.

»Mein Gott«, rief Gisela ganz entsetzt, »da steht das Auto von Jürgen Dickson. Himmel noch mal! Hoffentlich ist noch nichts passiert.« Und an Amadeus gerichtet:

»Du schließt die Tür auf und bleibst draußen. Ihr bleibt alle draußen. Ich schleiche mich rein, um zu sehen, was da los ist.«

Klaus wollte protestieren. Aber sie hatte schon ihre Pistole aus der Handtasche geholt und bedeutete den anderen, ihr zu gehorchen. Also schlich sie mit vorgehaltener Waffe die Treppe hinauf. Oben angekommen, kam Lilly aus dem Esszimmer und rief:

»Meine Güte, Gisela, was schleichst du dich an wie

eine Katze?«

»Wo ist der Kerl?«

»Er sitzt in meinem Esszimmer und wartet darauf, von Kommissar Schneider abgeholt zu werden. Steck erst mal deine Waffe weg. Ich hab selber eine.«

Gisela betrat das Esszimmer, immer noch mit vorgehaltener Waffe und bekam den Mund nicht mehr zu.

»Himmel noch mal! Lilly, wie hast du denn das wieder hingekriegt? Der ist ja verschnürt wie ein Scherzpaket.«

»Ja, ich glaube im Fesseln könnte ich noch einiges dazulernen. Aber für den Hausgebrauch soll es wohl reichen.«

Nun konnte Gisela ihre alte Freundin erst mal umarmen, während Klaus, Amadeus und Marie voller Spannung das Zimmer betraten. Jürgen stöhnte immer noch vor sich hin.

»Macht mich gefälligst los. Die Alte hat mir die Schulter zerschmettert.«

Gisela überzeugte sich, dass Jürgen nicht lebensgefährlich verletzt war und ließ ihn sitzen. Ein paar Minuten später traf Kommissar Schneider mit einer Mitarbeiterin ein und gleichzeitig ein weiterer Wagen mit zwei Uniformierten.

Nachdem man Jürgen abtransportiert hatte und Schneider Lillys Aussage aufnahm, ging Gisela in den Garten und rief ihren Chef in Lübeck an:

»Willy, du glaubst nicht, was hier los ist. Als wir hier ankamen, stand der gesuchte Wagen, den unser Freund Naujoks für Jürgen Dickson gekauft hat, vor der Tür.«

»Um Himmels Willen! Was ist mit Lilly? Lebt sie?«

»Na, und wie! Ich fand Jürgen Dickson mit Klebeband gefesselt in Lillys Esszimmer. Sie hat ihn mit einer riesigen Standuhr außer Gefecht gesetzt. Mein früherer Chef hat ihn inzwischen abholen lassen.«

Jetzt fing Willy an zu lachen. Und wenn er einmal angefangen hatte, konnte er so schnell nicht mehr aufhören.

»Willy, wenn du dein Lachen mal für einen Moment unterbrechen könntest. Ich wollte dir eigentlich nur sagen, dass du jetzt für Naujoks einen Haftbefehl besorgen kannst. Selbst wenn er nichts mit den Morden zu tun haben sollte, hat er immerhin einem gesuchten mutmaßlichen Verbrecher zur Flucht verholfen.«

»Natürlich, ich kümmere mich. Ihr Harzer seid vielleicht ein verrücktes Volk. Grüß mir das alte Fräulein schön. Und herzlichen Glückwunsch«, gluckste er. Dann legte er auf und lachte weiter.

Als Kommissar Schneider mit Lillys Vernehmung fertig war, an der auch Schneiders Mitarbeiterin und zum Schluss Gisela teilgenommen hatten, fragte Lilly:

»Ich hoffe doch, Sie bleiben zum Grillen?«

»Furchtbar gern, aber wir müssen unbedingt zurück in die Dienststelle. Ein anderes Mal gern.«

»Ach, das ist aber schade. Was haben Sie denn am Freitag Abend noch zu tun? Die Verbrecher können gefälligst bis Montag warten.«

Und ohne eine Antwort abzuwarten, redete sie gleich weiter:

»Kann ich Ihnen vielleicht mit einer uralten, kaputten Standuhr eine Freude bereiten?«

»Im Prinzip schon. Aber ich darf leider keine Geschenke annehmen. Schon gar nicht so wertvolle.«

»Ach, das olle Ding. Ich glaube, die stand hier jahrzehntelang nur rum, um ihre Bestimmung zu erfüllen, nämlich einen gewissen Jürgen Schmer außer Gefecht zu setzen.«

Gerade in dem Moment kam Amadeus herein und sagte: »Wenn du sie unbedingt loswerden willst, Tante Lilly, dann nehme ich sie. Ich werde das alte Stück schon wieder auf Vordermann bringen. Marie wird sich freuen.«

»Ja, nimm sie gleich mit. Mir geht sie schon mein Leben lang auf die Nerven.«

Amadeus hob die Standuhr an einer Seite vom Boden auf und stöhnte:

»Du meine Güte, ist das Monstrum schwer.«

»Warten Sie, ich helfe Ihnen«, sagte Kommissar Schneider und stand auf.

»Es reicht, wenn Sie mir das Ding unter den Arm klemmen, dann kann ich besser durch die Türen jonglieren.«

»Amadeus, das ist zu schwer für dich allein«, rief Lilly noch. Aber da war er schon aus der Tür verschwunden. Lilly saß noch mit Schneider, seiner Mitarbeiterin und Gisela am Tisch, als es plötzlich im Treppenhaus *krach-bumm* machte. Darauf folgten einige Gongschläge und ein nicht jugendfreier Fluch von Amadeus. Die monströse Standuhr war ihm die Treppe runtergefallen und lag nun in diversen Einzelteilen unten auf dem Flur. Alle rannten raus, um das Malheur in Augenschein zu nehmen und Lilly sagte:

»Mein Gott, Amadeus, was bist du nur für ein Unglücksmensch. Es ist mir ein Rätsel, wie ich es überlebt habe, solch einen Tollpatsch großzuziehen.«

- 31 -

Peter Naujoks war vom Aufwachraum in sein luxuriöses Zimmer gebracht worden. Er fühlte sich wohl. Professor Mangeler hatte ihm gesagt, dass alles bestens verlaufen war. In zwei, drei Tagen würde er wieder zu Hause sein. Da klopfte es an der Tür, und herein kam Hauptkommissar Willy Jobst nebst seiner Mitarbeiterin.

»Guten Tag, Herr Dr. Naujoks. Wir haben Ihren vermissten Wagen gefunden. Es wird Sie sicherlich nicht wundern, dass er sich im Besitz von Jürgen Dickson befand. Der Herr wurde mittlerweile festgenommen. Und ich nehme Sie vorläufig fest wegen des Verdachts, einem Straftäter zur Flucht verholfen zu haben. Ob weitere Punkte dazukommen, zum Beispiel Beihilfe oder Anstiftung zum Mord, das werden die Ermittlungen ergeben. Auf jeden Fall sitzt vor Ihrem Zimmer ein Polizeibeamter. Sie dürfen das Krankenhaus nicht verlassen. Nach Ihrer hoffentlich baldigen Genesung kommen Sie in Untersuchungshaft.«

Naujoks schaute den Kommissar an wie die Heimsuchung Gottes und quetschte zwischen den Zähnen heraus:

»Ich werde meinen Anwalt anrufen. Und jetzt verpissen Sie sich. Ich bin krank.«

Willy lächelte ihn an, hob die Hand zum Abschied und sagte ganz souverän beim Herausgehen:

»Man sieht sich.«

Zwanzig Minuten später war Naujoks´ Anwalt da, dem er weismachte, dass er absolut nichts mit den Machenschaften von Jürgen Dickson zu tun habe.

»Und wie kommt er an das Auto, das Sie persönlich gekauft haben?«, fragte der Anwalt erstaunt.

»Scheiße nochmal, das weiß ich doch nicht. Vielleicht

hat er es geklaut.«

»Bei einem Haftprüfungstermin wird genau diese Frage gestellt werden. Wir werden also eine gute Begründung liefern müssen. „Weiß ich nicht“ ist da ein bißchen zu dünn.«

Als der Anwalt gegangen war, kam Oberarzt Curth ins Zimmer.

»Na, Herr Naujoks, ich hoffe, es geht Ihnen gut. Jedenfalls ist aus medizinischer Sicht alles bestens gelaufen.«

Der Patient sah genervt aus aufgrund des Besuchs des Kommissars. Und der Anwalt hatte ihn auch nicht gerade beruhigt. Also antwortete er patzig:

»Es wäre ja noch schöner, wenn Sie solch eine Kleinigkeit versaut hätten.«

»Na, Kleinigkeit würde ich das nicht gerade nennen. Eine Kastration ist zwar chirurgisch gesehen keine so große Sache, aber es ist ein bedeutsamer Eingriff...«

»Was faseln Sie da?«

»Ich sagte, dass eine Kastration...«

»Sie haben mir doch nicht etwa die Eier abgeschnitten?«

»Medizinisch würde ich das zwar anders ausdrücken, aber umgangssprachlich haben wir genau das getan, so wie Sie es mit dem Professor besprochen hatten. Sie haben die Einwilligung und das Besprechungsprotokoll ja unterschrieben. Na, vielleicht wirkt die Narkose ja doch noch etwas nach. Und psychisch ist das auch nicht so einfach wegzustecken.«

Auf dem Flur vor Naujoks Zimmer traf Rosemarie auf Professor Mangeler.

»Na, Rosemarie, wie geht es Ihnen heute?«

»Danke, Herr Professor. Es geht mir ausgezeichnet.

Ich glaube, ich habe mich seit dreißig Jahren nicht mehr so wohlgefühlt.«

Der Professor nahm Rosemaries Hand und tätschelte sie, wohlwollend lächelnd.

Aus dem Zimmer kam urplötzlich lautes Geschrei. Dann krachte und klirrte es. Ein paar Sekunden später schoss ein völlig aufgelöster Oberarzt aus dem Raum, während der Polizist aufsprang und in das Krankenzimmer schaute.

»Gott sei Dank, dass Sie da sind, Professor. Herr Naujoks dreht durch. Er hat die Wasserflasche an die Wand geknallt und schreit. Der steht unter Schock. Offenbar ist ihm jetzt erst bewusst geworden, was die Kastration für ihn bedeutet.«

»Ja, das kommt vor«, sagte Mangeler ganz ruhig, »aber da muss er durch. Es ist ja nun nicht mehr zu ändern. Spritzen Sie ihm ein Beruhigungsmittel. Das wird schon wieder. Ich mache jetzt Feierabend und will das gute Wetter ausnutzen. Meine Frau will mit mir unbedingt an den Strand.«

\- 32 -

Am Montag saßen Gisela und Willy in ihrem Büro, um über die Ereignisse im Harz zu reden. Giselas Schilderung, wie Lilly Jürgen Dickson aus dem Verkehr gezogen hatte, brachte Willy fast um vor Lachen. Als sie ihm dann auch noch ein Foto zeigte, wie *kunstvoll* sie ihn gefesselt hatte – Klebeband um Arme, Beine, Rumpf, Stuhl – war es ganz aus. Sie musste wohl an die zehn Meter Klebeband abgerollt haben, um ganz sicherzugehen, dass er ihr nicht mehr entschlüpfen konnte. Mitten in dieses haltlose Gelächter stieß Kriminaloberrat Speck dazu.

»Na, hier ist ja was los.«

»Guten Tag, Herr Speck. Wenn Sie auch mal lachen wollen...«, sagte Gisela und reichte ihm ein Foto von Lillys Fesselungsaktion.

»Mein Gott, der Ärmste«, war alles, was er noch herausbringen konnte und fing dann auch an zu lachen. Nachdem sich alle wieder beruhigt hatten, meint Speck zu Gisela:

»Ich bin eigentlich nur gekommen, um Ihnen zu gratulieren, Frau Weniger. Was Sie hier in dieser kurzen Zeit geleistet haben – alle Achtung.«

»Naja, eigentlich ist das nur zum kleinsten Teil mein Verdienst. Ich hatte Glück und eine gute alte Freundin.«

»Nur keine Bescheidenheit. Das Glück ist mit den Tüchtigen.«

Dann ging er wieder und sagte im Hinausgehen noch:

»Sie halten mich auf dem Laufenden, was bei dem Verhör in Goslar herauskommt und wie es mit Herrn Naujoks weitergeht, ja?«

»Klar, Chef.«

Als sie wieder allein waren, sagte Willy:
»Meinst du, dass man diesem Dickson Mord nachweisen kann? Er wird behaupten, dass er die Leute nur ein bisschen aufputschen wollte.«

»Mit Waffengewalt? Allein die Tatsache, dass er Lilly mit vorgehaltener Waffe dazu zwingen wollte, dieses Dreckszeug zu nehmen, wird ihm mindestens fünf Jahre einbringen, selbst wenn keine Mordabsicht dahinter steckte. Dann kommen noch die beiden anderen Fälle. Also, ich weiß zwar nicht, was die Juristen letztendlich daraus machen, aber er wird wohl für lange Zeit hinter Gittern verschwinden. Und sein Freund Naujoks wird ihm Gesellschaft leisten.«

»Weißt du übrigens, welche Art Operation Naujoks hatte?«, fragte Willy.

»Keine Ahnung.«

»Der Kollege, der ihn im Krankenhaus bewacht, sagte, er hätte was von einer Kastration mitbekommen. Und danach soll er völlig durchgedreht sein, als ihm bewusst wurde, was das bedeutet.«

»Was?!«

»Meinst du, du kannst diese Ärztin, Rosemarie Ahrens, mal fragen, ob das stimmt?«

»So gern ich es wissen würde, aber ich glaube, sie wird es mir nicht sagen. Ich möchte sie nicht in Bedrängnis bringen. Sie steht unter Schweigepflicht.«

»Naja, das hat ja auch nichts mit dem Fall zu tun.«

Dann klingelte das Telefon. Als Willy aufgelegt hatte, sagte er:
»Ein neuer Fall. Mach dich bereit. Schnapp dir die beiden Assistentinnen und fahr nach Travemünde.«

»Nein.«

»Was ist los?«

»Ich sagte nein.«

»Willst du mich jetzt verarschen?«

»Nein.«

»Dann komm in die Gänge.«

»Ich war vor dem Dienst noch beim Arzt. Und er hat mir bestätigt, dass ich schwanger bin. Und schwangere Frauen lässt du ja nun mal nicht im Außendienst arbeiten. Ich werde es mir also hier im Büro gemütlich machen, während du dich am Tatort amüsierst.«

Willy grinste sie an, öffnete die Tür zum nächsten Büro und brüllte:

»Tina, Anna! Macht euch abmarschbereit. Ihr kommt mit zum Tatort.«

Als er den Raum verließ, drehte er sich noch mal zu Gisela um und sagte:

»Dann langweile dich mal nicht zu Tode, du Harzer Roller.«

Noch ein paar Worte hinterher

Der *Harzer Roller* ist ein im Oberharz gezüchteter Kanarienvogel, der sich seit Mitte des 19. Jahrhunderts weltweiter Berühmtheit erfreut. Er ist in der Lage, vier Touren zu singen: In der Hohlrolle singt er ein rollendes »R« in Verbindung mit den Vokalen ü, o und u., also z.B. rururu. In der Knorre singt der Vogel im Bass ein krrrurrrurrru. In der Hohlkingel singt er lülülü, lololo oder lululu. Und in der Klingel tönt er dududu. Besonders talentierte Vögel beherrschen außerdem noch li oder rri. Der Begriff Harzer Roller ist allerdings zweideutig. Es gibt auch Käsefabrikanten, die ihren Milchsauerkäse so nennen. Wem´s schmeckt.

Die Orte in diesem Roman sind bis auf eine Ausnahme authentisch: Kleinbötelkamp ist eine Erfindung des Autors, der einem real existierenden Dorf im schönen Schleswig-Holstein nicht den Ruf andichten wollte, dass dort männermordende Frauen ihr Unwesen treiben und alte Damen in Marzipanbädern sterben.

Ich danke den Lesern der drei ersten Bände dieser Krimireihe. Ein vierter Band um Gisela, Lilly Höschen & Co. ist bereits in der Pipeline: *Lilly Höschen und ihr Gespür für Mord.* Es ist halt nicht so einfach, diese liebgewonnenen Gestalten aus den Augen zu verlieren oder gar sterben zu lassen.

Wer mit mir Kontakt aufnehmen möchte, kann mir eine Email schreiben unter *helmut@epv-verlag.de* oder mich auf Facebook besuchen:

http://www.facebook.com/HelmutExnerAutor

Bücher von Helmut Exner

Walpurgismord

Ein leicht *schräger* Krimi aus dem idyllischen Harz

Der erste Fall um Amadeus, Tante Lilly und die junge Ermittlerin Gisela

Am Walpurgistag verschwinden die Eltern von Amadeus Besserdich im Hochmoor des Harzes. Zwanzig Jahre später geschehen merkwürdige Verbrechen, die den Schluss nahelegen, dass Amadeus´ Vater, der Totgeglaubte, seine Finger im Spiel hat. Wieder ist Walpurgistag, und wieder geschieht etwas Schreckliches. Amadeus und seine schrullige Großtante Lilly haben nur Zeit bis Mitternacht. Dann muss der Fall gelöst sein, oder ein weiterer Mensch stirbt.

> *Helmut Exner hat ganz zauberhafte Charaktere mit viel Leben geschaffen... Ein klasse Buch, das definitiv Lust auf mehr macht. – Chloé Cingöz, KrimiKiosk –*

ISBN 978-3-936318-91-3 erschienen 2011

auch als eBook erhältlich

Sauschlägers Paradies

Ein ziemlich *schräger* Krimi aus dem romantischen Harz

Der zweite Fall um Amadeus, Tante Lilly und
die junge Ermittlerin Gisela

Menschen verschwinden spurlos auf einem geheimen Friedhof. Das Ehepaar Sauschläger, zwei Oberharzer Originale, lässt sich in seiner Naivität mit der Russenmafia ein. Lilly Höschen, die schrullige Oberstudienrätin, und ihr Neffe Amadeus werden in diese Vorgänge verstrickt, die Kommissar Schneider und seine Mitarbeiterin Gisela Berger zu lösen versuchen. Ein ziemlich grotesker Kriminalfall, wie er wohl nur im Harz passieren kann.

ISBN 978-3-936318-91-3

erschienen im
September 2011

auch als eBook erhältlich

Die Frauen von Janowka

Eine wolhynische Familiengeschichte

Roman

Lange Zeit leben die Menschen in dem von Deutschen gegründeten ukrainischen Dorf Janowka in Frieden und Wohlstand. Der Wind dreht sich, als Zar Nicolaus II. den Deutschen aufgrund der großpolitischen Wetterlage das Leben schwer macht. Im Ersten Weltkrieg werden sie nach Sibirien verbannt. Wer kann, wandert nach Deutschland oder Kanada aus. Der Autor, ein Nachkomme der Frauen von Janowka, spürt in der Parallelhandlung dem Leben seiner Vorfahren nach und findet deren Nachkommen wieder, die über Kontinente hinweg verstreut sind.

Eine Familiensaga, die eingebettet ist in die wechselvolle Geschichte des 20. Jahrhunderts – von der Verwirklichung des Traums von einem besseren Leben.

ISBN 978-3-936318-89-0 erschienen 2010

auch als eBook erhältlich